J. L. Noethlichs

Die Korbweiden-Kultur

Antigonos

J. L. Noethlichs

Die Korbweiden-Kultur

Unveränderter Nachdruck der Originalausgabe von 1875.

1. Auflage 2024 | ISBN: 978-3-38645-000-3

Antigonos Verlag ist ein Imprint der Outlook Verlagsgesellschaft mbH.

Verlag: Outlook Verlag GmbH, Zeilweg 44, 60439 Frankfurt, Deutschland info@outlook-verlag.de
Vertretungsberechtigt: E. Roepke, Zeilweg 44, 60439 Frankfurt, Deutschland
Druck: Libri Plureos GmbH, Friedensallee 273, 22763 Hamburg, Deutschland

Die
Korbweiden-Kultur

oder

Anlage und Unterhaltung der Korbweiden-Pflanzungen in den Niederungen.

Von

J. L. Hoethlichs,
Bürgermeister zu Dremmen (Regierungsbezirk Aachen).

Weimar, 1875.
Bernhard Friedrich Voigt.

Vorwort.

Amtliches, sachliches und persönliches Interesse haben den Unterzeichneten veranlaßt, seit 18 Jahren dem hier behandelten Gegenstande unausgesetzt volle Aufmerksamkeit zu widmen. Durch sorgfältige Aufzeichnung der gewonnenen Resultate war bis zum Jahre 1868 bereits eine Zusammenstellung bezüglich Bearbeitung der wesentlichsten einschlägigen Grundsätze zu Stande gekommen, welche als Antwort auf vielfach ergangene Anfragen mitgetheilt, ermunternde Anerkennung fand. Die inzwischen gewonnene Ueberzeugung, daß in der Weiden-Kultur ein ganz vorzügliches Mittel gegeben sei, um bis dahin unproduktiven oder wenig erzeugender Lokalitäten einen lohnenden, ja nach Umständen vorzüglichen Ertrag abzugewinnen, daß es sich um eine den Privaten wie die Gemeinden gleich sehr interessirende Sache handele, gehoben durch die sich stets mehrenden, selbst aus weiter Entfernung herkommenden Anfragen um Belehrung, haben den Verfasser veranlaßt, vorliegende durchaus praktisch gehaltene Anleitung zu veröffentlichen. Was eigene Erfahrung in vielfachen Versuchen, Kenntnißnahme der von Andern angestellten Versuche, aus einschlägigen Schriften gewonnene und als richtig erkannte Grundsätze Stichhaltiges geboten haben, ist sorgfältig verwendet worden. Hauptzweck war praktische, für Jeden leicht verständliche Belehrung, Hinweisung auf das Zweckmäßige, Aufdeckung der vielfach gemachten Mißgriffe. Letztere sind oft Ursache geworden, die Kultur da eingehen zu lassen, wo bei einiger richtiger Behandlung lohnender Ertrag zu erzielen gewesen wäre. So wurde beispielsweise im verflossenen Herbste 1873 der einjährige Aufwuchs einer Anlage von 49 Morgen, die schon mehrere Jahre besteht, zu 3103 Thlrn. auf dem Stocke verkauft, wo bei unrichtiger Kultur höchstens die Anlage- und Unterhaltungkosten, vielleicht auch nicht einmal diese aufgebracht worden wären.

Der Verfasser ist nicht der Ansicht, daß in nachfolgenden Blättern alles Einschlägige erschöpft, alles unverbesserlich dargestellt sei. Wenn seine Ansichten und Rathschläge vielfach abweichen von dem, was theilweise aphoristisch in der schlesischen Zeitung „der Landwirth", in der Magdeburger Zeitung, in der allgemeinen Zeitung für Land- und Forstwirthschaft 2c., ausführlicher in „Kultur der Wiesen-, Flecht- und Bandweiden von Dr. A. Delius", in „Pinkert die Korb- und Bandweide" 2c. sich findet, so kann er sich dafür nur auf die Erfahrung berufen. Er will nichts Anderes, als eine zuverlässige Auskunft geben, wie es bis dahin hier gemacht wird, was sich als das Rathsamste thatsächlich bewährt hat. Berichtigungen, Ergänzungen, Verbesserungen seiner Arbeit würden ihm stets sehr willkommen sein in der Angelegenheit, die verdientermaßen jetzt die Beachtung namentlich der Kommunen und der intelligenten Landwirthschaft in hohem Grade findet.

Der Verfasser.

Inhaltsverzeichniß.

Allgemeines.

Der allgemeine Zug des Fortschritts, welcher unsere Zeit charakterisirt, ist auch auf dem Gebiete der Landwirthschaft nicht ohne Einfluß geblieben. Das gedankenlose Festhalten an dem Hergebrachten ist einer spekulativen und rationellen Bewirthschaftung gewichen. Wie man einestheils durch Vervollkommnung der landwirthschaftlichen Geräthe, durch künstliche Düngemittel, durch Meliorationen ꝛc. den Boden zu verbessern sich bestrebt, so ist man andererseits darauf bedacht, diejenigen Pflanzen und Fruchtgattungen zu veredeln oder einzuführen, welche die höchsten Erträge liefern. So hat man in hiesiger Gegend vor achtzehn Jahren die Kultur der Korbweide eingeführt und mit besonders gutem Erfolge opperirt. Die Korbweide gehört zwar ihrer Natur nach in das Gebiet der Forstwirthschaft, doch hat hier, wo die Verhältnisse ihre Vereinigung mit der Landwirthschaft so sehr begünstigen, letztere in richtiger Erkenntniß ihrer Aufgabe sich ihrer bemächtigt und benutzt sie, um den für die Landwirthschaft fast werthlosen Flächen Erträge abzugewinnen, welche denen der besten Grundstücke gleichstehen, ja dieselben übertreffen.

Vor der angegebenen Zeit war die Korbweide hier fast nur an den Ufern der Flüsse und Bäche anzutreffen. Die ersten Versuche, sie in der Ebene anzupflanzen, wurden auf Grundstücken gemacht, welche in Folge von Vernachlässigung oder ungünstiger Lage versumpft und ertraglos waren. Die erzielten Resultate übertrafen die kühnsten Erwartungen. Freilich waren diese Resultate selbst bei gleicher Bodenbeschaffenheit oft sehr ungleich. Man schrieb dieses vornehmlich dem Zufalle zu und theilweise mit Recht. Wer nämlich die Anlage richtig bearbeitet hatte, erzielte einen reichlichen Ertrag; wer aber dazu noch die richtige Sorte Pflanzholz verwendet hatte, der erhielt eine Musteranlage, ohne sich selbst ein besonderes Verdienst zuschreiben zu können.

Bei der ersten Anlage auf dem Gemeindeeigenthum zu Dremmen trafen die beiden günstigen Momente zusammen. $3\frac{1}{4}$ Morgen, welche bis dahin völlig ertraglos waren, wurden im Jahre 1856 mit Korbweiden bepflanzt. Schon im Herbste desselben Jahres verkaufte man den Aufwuchs zu 88 Thalern. Im folgenden Jahre betrug der Erlös 298 Thaler, im dritten Jahre 212 Thaler und im vierten Jahre 208 Thaler. Von da ab gingen die Erträge bedeutend herunter, weil zwei Morgen der Anlage, die überwiegend Torfboden hatten, abstarben. Der Rest von $1\frac{1}{4}$ Morgen dagegen brachte für sich auf:

1856	30	Thlr.
1857	149	„
1858	87	„
1859	69	„
1860	51	„
1861	38	„
1862	24	„
1863	11	„
1864	35	„
1865	34	„
1866	33	„
1867	19	„
Summa	580	Thlr.

oder pro Morgen 460 Thlr. in 12 Jahren. Rechnet man die Kosten der Anlage mit 60 Thlrn. ab, so bleibt ein Ertrag von 400 Thlrn. oder 33⅓ Thlr. pro Morgen und Jahr. Die hiervon noch zu bestreitenden Unterhaltungskosten sind mit 2 Thlrn. pro Jahr hoch veranschlagt, so daß ein Reinertrag von 31⅓ Thlr. übrig bleibt. Der Ertrag würde ohne Zweifel ein höherer gewesen sein, wenn in den ersten Jahren mehr Werth auf die Anlage gelegt worden wäre. Wir sehen ja auch nach dem fünften Jahre eine auffallende Abnahme desselben eintreten, während im neunten Jahre, wo man die Anlage gehörig gereinigt hatte, der Ertrag wieder steigt. Weitere Resultate hinsichtlich dieser Parzelle können nicht angegeben werden, weil dieselbe im Jahre 1868 von einem neu angelegten Wege durchschnitten wurde.

Ein anderes Grundstück von 4 Morgen, mit einer 60 Centimeter starken Torfschicht, wurde ebenfalls mit Korbweiden bepflanzt, nachdem es so tief umgegraben war, daß 30 Centim. hoch Thonboden über den Torf gebracht war. In den ersten drei Jahren wurden jährlich pro Morgen 30 Thlr. erzielt, während in den nachfolgenden Jahren der Ertrag fast auf Null sank. Es waren hier eben die Kosten der Anlage gedeckt und ein geringer Reinertrag erzielt.

Ein drittes Grundstück von 17 Morgen wurde im Jahre 1863 kultivirt. Man benutzte dabei die gemachten Erfahrungen und erzielte folgende Resultate.

Im Jahre   1864 . .   833 Thlr.
                1865 . . 1287   „
                1866 . . 1260   „
                1867 . . 1076   „
                1868 . .   610   „
                1869 . .   480   „
                1870 . .   232   „

Transport 5778 Thlr.

1871 . . ·190 „

Nicht geschnitten 1872 . . — „

1873 . . 1208 „

Summa 7176 Thlr.

Die Anlagekosten betrugen 1026 Thlr., so daß ein Ertrag von 6150 Thlr. oder pro Morgen und Jahr von 36 Thlrn. verblieb. Die Unterhaltung erforderte kaum 3 Thlr. pro Morgen jährlich, und so stellt sich der Reinertrag auf 33 Thlr. 5 Morgen dieser Anlage hatten vorwiegend Torfboden, auf welchem die Korbweide nur in den ersten 4 Jahren gedieh, welcher Umstand den Durch-schnitts-Ertrag beeinträchtigte.

Es ist ferner nicht unbeachtet zu lassen, daß dieses Grundstück vor jener Zeit fast gar keinen Ertrag lieferte, weil der Aufwuchs nicht als Viehfutter verwendet, sondern als Streu benutzt wurde, und obgleich in unmittelbarer Nähe der Ortschaft gelegen, wenn vor der Korbweidenanlage verkauft, kaum einen Kaufpreis von 70 Thlrn. pro Morgen ergeben haben würde.

Gleiche Resultate, wie die vorangegebenen, wurden von Pri-vaten erzielt. Ein in der Nähe von Dremmen gelegenes Grund-stück wurde im Jahre 1850 zu 30 — 40 Thlrn. pro Morgen ver-kauft und theilweise mit Korbweiden bepflanzt. Es wurden hier in günstigen Jahren schon Erträge von 70 Thlrn. pro Morgen erzielt.

Das eben ist, wie im Eingange schon angedeutet, der Haupt-vortheil der Korbweide, daß sie auf Sumpf- und Thonboden ge-deiht, welcher früher zu den schlechtesten Bodenarten unserer Gegend gerechnet wurde; während der beste Weizenboden hier nach Abzug der Bestellungs- 2c. Kosten kaum einen jährlichen Durchschnitts-Reinertrag von 16 Thlrn. pro Morgen ergiebt, und der Aufwuchs der besten Wiesen mit 20 Thlrn. pro Morgen bezahlt wird, beträgt, wie vorhin berechnet, der Ertrag dieses schlechten Bodens bei der Weidenkultur das Doppelte.

Die gewonnenen Resultate wirkten. Bald fingen Gemeinden und Privaten an Korbweidenpflanzungen anzulegen, und heute sind Hunderte Morgen solcher Pflanzungen vorhanden, wo vor fünfzehn Jahren nur Sumpfgras zu sehen war.

Bei der Ausdehnung, die so die Korbweidenkultur genommen, wird die Befürchtung laut, daß schließlich die Preise herunter gedrückt werden müßten. Bei einer flüchtigen Beurtheilung der Sache könnte man versucht sein, diese Befürchtung zu theilen. Und dennoch ist sie unbegründet. Schon die Thatsache spricht dagegen, daß, obgleich seit zehn Jahren in hiesiger Gegend über tausend Morgen mit Korbweiden bepflanzt worden, die Preise eher gestiegen als gefallen sind. Diese Thatsache allein aber würde nicht genügen, die Voraussetzung zu rechtfertigen, daß auch bei der in Aussicht stehenden größeren Vermehrung der Korbweidenanlagen die Preise bestehen bleiben könnten. Sehen wir uns jedoch etwas weiter um, so werden wir finden, daß die Bodengattung, in welcher die Korbweide gedeiht, nicht gerade häufig anzutreffen ist; daß ferner nur wenige Gegenden die Anlage konserviren können, weil das Klima schädlich ist oder es an der nöthigen Feuchtigkeit fehlt; daß endlich die Verwendung der Korbweide zu den verschiedenartigsten Zwecken (wie zur Verpackung von Waaren, zu Möbeln ꝛc.) mit der vermehrten Produktion nicht allein Schritt hält, sondern dieselbe überholt, hauptsächlich allerdings, weil erstere allgemein, letztere nur lokal an Ausdehnung gewinnt.

In den Jahren 1870 und 1871 waren allerdings die Preise gedrückt, aber es hatte dieses durchaus nicht seinen Grund in einer Ueberproduktion, sondern in den damaligen Kriegsverhältnissen. Einfluß auf die Preise hat ferner der Umstand, daß eben durch die vermehrte Produktion eine Gegend gleichsam den Markt für die Weide bildet. Es wird dann diesem bisher vernachläſſigten Zweige der Landwirthſchaft größere Aufmerkſamkeit zugewendet. Beſonders aber wird man ſich angelegen ſein laſſen, nur die beſſern Sorten anzupflanzen. In der hieſigen Gegend z. B. darf man ſich nicht darauf verlegen, hauptſächlich für graue Waare oder für Flecht= werk und zu Uferbefeſtigungen die Korbweide zu kultiviren. Dieſes würde mit Vortheil nur da zu empfehlen ſein, wo die Pflanzungen jährlich durch Ueberfluthungen gedüngt werden und die Weide ſo ſtark wird, daß ſie ſowohl wegen ihrer Stärke, als auch wegen ihres üppigen Wuchſes (welcher die Qualität beeinträchtigt) zu feiner Korbflechterarbeit untauglich iſt, oder auch auf Sandboden, wo die beſſern zum Abrinden geeigneten Weidenſorten nicht aufkommen und man geringere Sorten pflanzt.

Die vortheilhafteſte Benutzung iſt hauptſächlich die Verarbeitung und der Verkauf der abgerindeten (geſchälten) Weiden. Bei den abgerindeten Weiden iſt jedoch die Güte derſelben ſehr ſchwer zu erkennen. Der Handel mit abgerindeten Weiden, oder den aus ſolchen hergeſtellten Waaren iſt deshalb reine Vertrauensſache. Hat nun eine Gegend ſich den Ruf erworben, gute Sorten zu produ= ciren, ſo iſt der Abſatz und der Preis geſichert; denn jeder Kauf= mann wird für die Weiden und Weidenwaaren aus dieſer Gegend gerne einen höheren Preis zahlen, weil er verſichert iſt, nur gute Waare zu erhalten.

Dieſen Ruf zu erlangen, genügt es aber nicht, wenn nur einzelne Producenten ſich auf die Produktion der beſſern Sorten verlegen, es muß dieſes vielmehr allgemein geſchehen.

Neben dem Streben auf Einführung guter Sorten muß aber auch das Streben auf Erzielung ſchöner Waare vorhanden ſein. Namentlich iſt auf die Unterhaltung und Verbeſſerung der Anlagen mehr Werth zu legen. Man muß eben dem Boden nicht Unmög=

liches zumuthen. Wird in der Weise fortgefahren, wie man vielseitig jetzt begonnen hat, so werden die Korbweiden aus einer Gegend ebenso rasch wieder verschwinden, wie sie darin zur Anpflanzung gekommen sind. Es giebt wohl wenige Produkte, bei welchen die in Folge mangelhafter Bearbeitung und Pflege erzielte Kostenersparniß sich so empfindlich straft, wie eben bei der Korbweide; oder macht es nicht einen großen Unterschied, ob ein Morgen jährlich 20 Thlr. weniger einbringt, weil eine schlechte Sorte Pflanzholz verwandt worden und ob eine Anlage wegen mangelhafter Bearbeitung und Pflege schon nach 5 Jahren abstirbt, während man sonst auf eine 12- bis 15jährige Dauer rechnen kann? Allerdings mag Mangel an Erfahrung bisher Schuld daran gewesen sein. Die Produktion der Korbweide ist in hiesiger Gegend noch jung, und wenn auch einzelne Gemeinden und Privaten schon seit 15 — 20 Jahren im Besitze von dergleichen Pflanzungen sind, so hat sich doch ein festes Urtheil und ein fester Grundsatz über dieselben im Allgemeinen wie im Speziellen noch nicht gebildet. Man schwankt noch hin und her; der Eine empfiehlt dieses, der Andere jenes Verfahren, und leider findet größtentheils das wenigst kostspielige die willigste Aufnahme.

Nichts aber steht dem Aufschwunge, welchen diese Kultur nothwendig bedingt, um für eine Gegend eine wirkliche Quelle des Wohlstandes zu werden, so sehr entgegen, als die Ungewißheit in Bezug auf die Vorbedingungen der Anlage. In Gegenden wie hier, wo Lage, Klima*), Bodenbeschaffenheit, kurz alles, was diese

---

*) Von welcher Bedeutung für die Kultur das Klima ist, bedarf wohl keiner Auseinandersetzung. Um aber für jene Orte, welche durch ihre relative Höhe über Meer, wie durch andere Umstände ein von hiesiger Gegend verschiedenes Klima haben, wenigstens einige Anhalts- und Vergleichungspunkte zu bieten, wird es nicht unzweckmäßig erscheinen, einige Angaben über hiesige Gegend, die leider nicht mit der gewünschten Genauigkeit gegeben werden können, beizufügen.

einträgliche Kultur fordert, vereinigt sind, bedarf es für den Landwirth nur des Wollens und der umsichtigen Thätigkeit, um sich
eine Einnahmequelle zu sichern, die ohne Beeinträchtigung seines
bisherigen Betriebes, seinen Wohlstand fest zu begründen im Stande
ist. Die vielen verfehlten Anlagen unterstützen die Zweifel an dem
sichern Erfolge und haben bis jetzt Manche abgehalten, die Kosten
der Anlage zu wagen. Man ist noch zu leicht geneigt, die günstigen Resultate mehr als ein Spiel des Zufalls, denn als die
Erfolge rationeller Bewirthschaftung anzusehen.

Die Bedingungen, unter welchen man bei Korbweidenanlagen
des Erfolges sicher sein kann, sind freilich so mannigfach und ver-
schieden, daß nur Erfahrung im Stande ist, sie festzustellen.

Was bei Korbweiden-Anlagen besondere Beachtung verdient ist:

1) Die Bodenbeschaffenheit.
2) Die Vorbereitung der Anlage.
3) Das Pflanzholz.
4) Das Pflanzen.
5) Die Ent- und Bewässerung.

Im Allgemeinen herrscht in den Niederungen des nordwestlichen Theiles unseres Regierungsbezirks noch der Einfluß der nahegelegenen See.
Daher sind die Temperaturen im Sommer niedriger und im Winter höher,
als man es nach der geographischen Lage erwarten sollte. Sehr wesentlich wirkt dazu die nur unbedeutende Erhebung über Meer, zwischen
30 und 60 Meter. Vorherrschende Winde sind Südwest, West- und
Nordwest und daher ist der Feuchtigkeitsgehalt der Luft größtentheils ein
ziemlich bedeutender. Regentage mögen durchschnittlich 152 — 153 im
Jahre vorkommen. Die jährliche Regenmenge beträgt etwa 80 — 85 Centimeter. Das Jahresmittel der Temperatur dürfte sich annähernd auf 8
Grad Réaumur, die höchste beobachtete Sommerwärme auf 27 Grad, das
Maximum der Winterkälte auf 15 Grad stellen. Eine excessive Kälte, wie die
am 8. Dezember 1872 mit 24 Grad R. beobachtete, ist jedenfalls äußerst selten.

Die Kälte schadet nur in den Frühjahrsfrösten, wenn die Weiden eben
frisch getrieben haben und wirkt da schon eine Temperaturerniedrigung
von 5 Grad sehr nachtheilig durch das Erfrieren der Spitzen und die dadurch bedingten Seitenausschläge.

6) Die Abwendung nachtheiliger Einwirkungen und die Unterhaltung.
7) Das Schneiden.
8) Die Dauer der Anlagen.
9) Die Verwerthung der Korbweiden.

1. Bodenbeschaffenheit.

Es versteht sich von selbst, daß bei der Korbweidenkultur die Bodenbeschaffenheit die erste Stelle einnimmt. Ist der Boden nicht geeignet, so kann eine Anlage absolut nicht gedeihen, wenn man noch so große Sorgfalt auf dieselbe verwendet. Es könnte auffallend erscheinen, daß an den oft steinigen Ufern der Gewässer sowohl, als auf schwerem Thonboden die Weide gleich gut fortkommt. Wenn man jedoch berücksichtigt, daß auf die Weide das Wasser großen Einfluß übt, daß selbst bei steinigen Ufern, sobald die Weide gepflanzt ist, das Flußwasser seinen düngenden Schlamm in die Pflanzungen führt, und daß die verschiedenen Arten der Korbweide auch verschiedenen Standort lieben, so erklärt sich die Thatsache zur Genüge.

Bei Pflanzungen in den Niederungen ist der Thonboden jedem andern vorzuziehen. Ein Grundstück mit bläulichem, fetten Thonboden und einer entsprechenden Humusdecke ist der Musterboden für eine Korbweidenpflanzung. Torf und Sand, sowie ein allzustark mit Eisenoxyd vermischter Thonboden, sind schädlich. Nichts destoweniger kann, wo diese schädlichen Bodenbestandtheile nur unbedeutend vorkommen, eine Anlage immerhin gedeihen und wird in dieser Beziehung Folgendes bemerkt.

Eine Torfschicht darf nicht stärker als 25 Centim. sein, in welchem Falle jedoch eine mindestens 45 Centim. starke Thondecke auf dieselbe gebracht werden muß. Es genügt keineswegs, nur einen Spatenstich Thonboden aufzubringen, wie vielfach angenommen wird, denn eine solche Anlage würde nach 3 — 4 Jahren absterben, weil in diesem Zeitraume die Wurzeln der Weide die obere Thonschicht durchdrungen haben und der Torf nicht die Eigenschaft besitzt, die Wurzelbildung weiter zu fördern.

Sand ist weniger schädlich wie Torf. Eine Sandmischung kann unter Umständen sogar vortheilhaft sein. Wo man nämlich im Sommer die Anlage bewässern kann, schadet eine angemessene Sandmischung nicht. Sie trägt zur Verbesserung der Qualität der Weide bei, und wenn nun durch Wasser die geringere Produktionsfähigkeit des mit Sand vermischten Thonbodens ersetzt wird, so ist diese Sandmischung vortheilhaft. Am wenigsten schädlich ist es, wenn die Humusdecke mit Sand vermischt und der untere Thonboden fett ist. Anlagen, wo dieses der Fall ist, bestehen hier und sie gehören mit zu den besten. Zu bemerken ist jedoch, daß dort die Sandmischung von Ablagerungen bei Bewässerungen herrührt. Wo aber der Sand vorherrscht und eine Bewässerung nicht möglich ist, unterlasse man die Anlage. Allerdings sind in Schlesien in letzter Zeit mit der kaspischen Weide Versuche auf Sandboden gemacht worden, welche günstige Resultate ergeben haben sollen, doch kann darüber hier nichts Bestimmtes gesagt werden.

Der mit Eisenoxyd vermischte Thonboden kommt meistens gleich unter der Humusdecke in geringer Stärke vor, während mehr nach unten fetter Thonboden sich befindet. Man hat hier nur dafür zu sorgen, daß die schädliche Schicht nicht nach oben gebracht, sondern daß dieselbe mit einer Lage reinen Thonbodens überdeckt werde.

Es wird hierbei ausdrücklich darauf hingewiesen, daß, wo diese schädlichen Bestandtheile auch vorherrschend sein mögen, da doch nicht unter allen Umständen von Anpflanzung der Korbweide abzu rathen ist. Durch das tiefe Umgraben wird der Boden verbessert. Bei den meisten Produkten lohnt diese Arbeit sich nicht, wohl aber bei der Korbweide. Der Ertrag von 2 — 3 Jahren (und so lange hält die Anlage doch wohl) reicht aus, die Kosten der Anlage zu decken, und man hat dann doch ohne materielle Einbuße den Boden verbessert. Man erwarte nur nicht von einem solchen Boden, daß er eine ergiebige und dauerhafte Anlage zulasse.

Die Korbweide gedeiht auch in einem kräftigen Lehmboden, wenn Wasservorrath vorhanden ist. In solchem Boden wächst die Korbweide mitunter sogar üppig und hält lange Jahre. Aber die Erfahrung hat gelehrt, daß in diesem kräftigen Lehmboden die Weide mehr Aeste wirft, wodurch sie zu Schälweiden weniger tauglich ist, und daß die Qualität selbst bei gleichen Sorten, hinter der auf Thonboden erzielten zurückbleibt. Gleichwohl liefert auf solchem Boden eine Korbweidenanlage, wenn sie mit Sorgfalt gepflegt wird, sehr schöne Erträge.

Bei Einführung der Korbweide in hiesiger Gegend war die Ansicht vorherrschend, daß die Grundstücke, auf welchen die Korbweiden gedeihen sollten, mit einem starken Rasen versehen sein müßten, der, in dem Boden eingegraben, demselben den nöthigen Düngstoff liefere. Gut ist dieses allerdings, aber nicht unbedingt erforderlich, wie hier vielfach festgestellt worden ist.

2. Vorbereitung der Anlage.

Bei einem ebenen Grundstücke wird der Boden zwei, drei oder vier Spatenstiche tief umgegraben. Das Maß der Tiefe richtet sich nach der Güte des Bodens. Hat der Boden keine schädlichen Bestandtheile, wie Torf, Eisenoxydul 2c., so genügen zwei Spatenstiche. Im andern Falle wird das im Abschnitt 1 Gesagte einen Anhalt dafür bieten, wie tief gearbeitet werden muß. Zur Erzielung einer dauerhaften Anlage ist es, selbst bei günstiger Bodenbeschaffenheit, gut, wenn man drei Spatenstich tief arbeitet. Namentlich ist dies dort nothwendig, wo das Terrain hoch liegt und nicht bewässert werden kann. Die Feuchtigkeit hält bekanntlich in tief umgegrabenem Boden besser als in seicht umgearbeitetem. Bei Parzellen jedoch, wo sich eine Bewässerung ermöglichen läßt, wird angerathen, nur zwei Spatenstiche umzugraben, wobei die Erde, welche beim ersten Spatenstich sich ablöst, für sich abgeschaufelt und vor dem zweiten Spatenstich aufgebracht wird. Letzteres ist deshalb unbedingt erforderlich, weil beim ersten Spatenstich Theile der Humusdecke sich ablösen, die aber zur Verhinderung des Unkrauts nicht an die Oberfläche gebracht werden dürfen.

Es ist bekannt und die Erfahrung lehrt es, daß, wie vorher schon erwähnt, zur Dauerhaftigkeit der Anlage drei Spatenstich Tiefe besser sind, wie zwei. Wenn trotzdem das letztere angerathen wird, so liegt dem die systematische Ausbeutung des Bodens zu Grunde. Eine sofortige Erneuerung der abgestorbenen Anlage ist nämlich nur dann von Erfolg, wenn man mindestens einen Spatenstich tiefer arbeitet, wie bei der ersten Anlage. Wollte man das nicht thun, so würde die frühere Humusdecke wieder an die Oberfläche gelangen, in welcher die schädlichen Unkrautwurzeln sich theilweise erhalten haben, und welche darum die der Erzeugung und Fortbildung des Unkrauts günstigen Eigenschaften besitzt. Verschiedene Versuche haben erwiesen, daß eine so erneuerte Anlage nicht zwei Jahre bestand, weil das Unkraut vorherrschte und die jungen Weiden überwucherte. Hat man die erste Pflanzung zwei Spatenstich tief angelegt, so stirbt diese wohl etwas früher ab, aber man kann sofort nach dem Absterben zur Erneuerung der Anlage schreiten. Man gräbt dann nur einen Spatenstich tiefer und bringt so wieder eine neue Lage Thonboden auf, die das Unkraut zurückhält und zugleich als unerschöpfter Boden der Weide neue

Nahrung zuführt. In dieser Weise kann man eine Anlage mehrere
Male erneuern, während jeder Spatenstich, den man bei der ersten
Anlage tiefer arbeitet, eine Erneuerung weniger zuläßt. Nur so
ist es möglich, einer Gegend für lange Zeit diese einträgliche Kultur zu erhalten.

Bei der Vorbereitung der Anlage ist besonders auch darauf
zu achten, daß das Terrain gehörig geebnet werde. Wenn thunlich, suche man Tümpel zu vermeiden; denn solche Stellen, wo im
Winter das Wasser sich ansammelt, versumpfen bald und erzeugen
Binsen ꝛc. Wenn auch die Weide das Wasser liebt, so will sie
doch nicht immer im Wasser stehen, und wenn durch Versumpfung
der Boden wieder hart wird, so ist die Wurzelbildung unmöglich.
Das Ebenen geschieht am vortheilhaftesten vor dem Umgraben.
Man macht in dem Boden Einschnitte, legt die Humusdecke bei
Seite und bringt den schlechteren Boden in die Niederungen. Be-
vor die Anlage umgegraben ist, kann der Transport der Erde meistens ohne andere Vorrichtung vermittelst Schubkarren geschehen.
Erfolgt aber das Ebenen nach dem Umgraben, so muß man die
Erde entweder mittelst Körbe transportiren, oder falls man Schubkarren benutzen will, Dielen legen. In dem einen wie in dem andern Falle wird aber der Boden wieder fest getreten, und die Korbweide verkümmert gewöhnlich an solchen Stellen.

Wo eine Bewässerung möglich ist, müssen auf kurze Entfernungen Gräbchen durch die Anlage gezogen werden, welche circa
45 Centim. breit und entsprechend tief sind. Gewöhnlich macht
man die Gräbchen so, daß sie zugleich die Grenzen der einzelnen
Parzellen bilden und je nach der Länge des Grundstücks dasselbe
in viertel, halbe oder ganze Morgen theilen. Auch selbst da, wo
eine Bewässerung nicht möglich ist, empfehlen sich diese Gräbchen;
denn meistens ist das Terrain doch naß und so dienen hier die
Gräbchen außer dem Zwecke der Bewässerung auch dazu, im Winter

das überflüssige Wasser aufzunehmen und abzuleiten, wodurch die Anlage nur gewinnen kann.

Sehr wesentlich ist es bei der Vorbereitung, daß das Umgraben zeitig geschieht und wird unter allen Umständen der 1. Januar als äußerster Termin für die Beendigung der Arbeit anzunehmen sein. Der nasse, feste Thon- oder Lehmboden muß sich zersetzen können, wozu eine längere Zeit nöthig ist, besonders aber der Frost mitwirken muß. Bei sehr starkem und anhaltendem Froste in den letzten Wintermonaten kann eine Anlage auch noch gedeihen, wenn sie im Januar umgegraben wird. Weil man aber einen solchen späten Frost nicht vorhersehen kann, so thut man am besten, den obigen Termin zu beachten. Es wird Jedem einleuchten, selbst wenn es durch die Erfahrung nicht schon genugsam erwiesen wäre, daß in einer festen Lehm- oder Thonmasse, die wegen des späten Umgrabens sich nicht hat zersetzen können, ein Steckling nicht Wurzel schlagen kann. Ist das Frühjahr naß, so schließt sich der klebrige, nicht gehörig zersetzte Thon an den Steckling fest an, und wenn dieser auch Wurzeln schlägt, so kann dieselbe sich doch nicht ausbreiten; die jungen Triebe verkümmern oder sterben vollständig ab. Ist aber das Frühjahr trocken, so wird der Lehm- oder Thonklumpen steinhart, und an eine Wurzelbildung ist nicht zu denken. Wenn dann auch einige Setzlinge in dem lockern Boden, der sich etwa zwischen den festen Massen befindet, aufkommen, so ist die Anlage doch immerhin verfehlt. Aber auch noch andere Nachtheile bringt eine verspätete Vorbereitung mit sich. Ebensoviel, wie eine Anlage durch Umgraben sich erhöht, sinkt sie später; am meisten aber in den ersten Monaten. Wenn man nun auch die Stecklinge schräg einsteckt, so müssen dieselben doch schon sehr schräg eingesteckt und besonders lang sein, damit sie sich mit dem Boden zugleich senken. Gewöhnlich aber sieht man bei so spät umgegrabenen Anlagen einen Monat nach geschehenem Pflanzen die Stecklinge um einige Centim.

hervorstehen. Hierdurch aber wird von vornherein der Stock zu hoch und stirbt viel früher ab. Ferner hat ein vor dem Winter bearbeiteter Boden Feuchtigkeit und hält dieselbe auch den ganzen Sommer hindurch, wohingegen ein spät bearbeiteter Boden, wenn nur drei Tage nicht angefeuchtet, steinhart wird. Man möge diese Umstände besonders beachten.

Den Schluß der Vorbereitung bildet das Ebenen der Anlage unmittelbar vor dem Pflanzen. Die Gräbchen werden angefertigt, der Auswurf wird über die Anlage vertheilt, und einzelne kleine Erhöhungen und Vertiefungen werden ausgeglichen. Stellt man die Gräbchen vor dem Winter her, so ist daran im Frühjahre zwar etwas nachzuholen, aber man hat auch den Vortheil, daß der Auswurf, weil vor dem Winter aufgebracht, sich zersetzt. Wenn eine Anlage so eben ist, daß sie das Pflanzen gestattet, so unterläßt man im Frühjahre am besten jede Spatenarbeit. Alle Erde, im Frühjahre aufgebracht, wird bei geringer Trockenheit hart und wirkt nachtheilig auf die Anlage. Zweckmäßig ist es, eben vor dem Pflanzen mit einer kleinen Schleife, die von Menschen gezogen wird, die Anlage zu ebenen.

3. Pflanzholz.

Zu der Güte des Bodens und der sorgfältigen Vorbereitung der Anlage tritt als dritte wesentliche Vorbedingung die Güte des Pflanzholzes. Mag der Boden noch so gut, mögen die Vorbereitungen noch so sorgfältig sein, die Anlage ist verfehlt, wenn man schlechte Sorten pflanzt. Von zwei im Uebrigen ganz gleichen Anlagen wird die mit schlechten Sorten bestandene sicher ein Drittel, wenn nicht die Hälfte weniger einbringen, wie die mit guten Sorten bepflanzte. Man hat dies auch vielfach eingesehen, aber dennoch giebt es Leute, die des billigen Preises wegen, auch wohl aus Unkenntniß schlechte Sorten pflanzen. Leider schaden sie dadurch nicht sich selbst allein, sondern auch der ganzen Gegend. Wie schon im Eingange bemerkt, hängt von der Güte der Weide ihre Zukunft ab, und so lange noch schlechte Sorten gepflanzt werden, so lange streben wir vergebens darnach, den Ruf der Produktion guter Sorten zu erlangen.

Bekannt sind bis jetzt hier folgende neun Hauptsorten von Korbweiden:

1) Die Bruch- oder Mandelweide, salix fragilis.
2) Die graue Weide, salix cinerea.
3) Die Wasserweide, salix aquatica.
4) Die gewöhnliche Korbweide, salix viminalis.
5) Die Bandweide, salix undulata.
6) Die Purpurweide, salix purpurea.
7) Die Abart der Purpurweide, salix purpurea viminalis.
8) Die Bachweide, salix helix.
9) Die gelbe Weide, salix vitelina, auch Dotter- und Goldweide genannt.

Die drei ersten Sorten wachsen sehr schnell und sind eigentlich nur zu Faschinen und Flechtwerk geeignet. Die gewöhnliche Korbweide ad 4, hier römische Weide genannt, hat eine haarige, grünlichgraue Rinde, die später mehr ins Gelbliche übergeht. Die Blätter sind lanzettförmig, auf der Oberfläche dunkelgrün und glatt, auf der Rückseite silberartig und haarig. Zu feiner Korbflechter-Arbeit ist sie nicht geeignet, wird überhaupt hier nur zur Gewinnung von Bandruthen und Reiffstäben gepflanzt und wächst besonders an den Ufern der Bäche und Flüsse.

Die Bandweide ad 5, hier Blattweide genannt, wächst ebenfalls an den Bächen und Flüssen, kommt auch wohl vereinzelt in Anlagen vor. Sie hat pergamentartige, in die Höhe stehende Blätter und eine röthlichbraune Rinde. Sie liefert viel Korbflechter-

Material, welches jedoch nur zu groben Waaren tauglich ist. Die abgerindeten Ruthen werden gelb anstatt weiß und sind spröde.

Die genannten fünf Sorten kommen in den Anlagen der hiesigen Gegend nur sehr vereinzelt vor. Ihr natürlicher Standort sind die sandigen Ufer der Bäche und Flüsse und sie verkümmern, wenn sie in festem Lehm= oder Thonboden gepflanzt werden. Sie haben natürlich verschiedene Abarten, aber auch diese sind hier selten, mit Ausnahme der sogenannten Maasweide und Dornweide, welche als Abarten der gewöhnlichen und der Bandweide anzusehen sind. Diese werden auch leicht mit den bessern Sorten verwechselt, weshalb der äußerlich kaum merkbare Unterschied bei Beschreibung der bessern Sorten besonders hervorgehoben werden wird.

Die gewöhnlich hier vorkommenden Arten sind:

Die Purpurweide ad 6. Ihre Rinde ist entweder gelblich oder dunkelbraun; an den Spitzen hat sie eine weißliche Decke. Die Blätter sind lanzettförmig. Besonders zu erkennen ist sie an dem purpurrothen Staubbeutel. Sie wächst sehr schlank und schön, wird länger wie alle andern Weidensorten und leidet fast nicht durch Frost, wie überhaupt ihr Gedeihen sehr wenig den Einflüssen der Witterung unterworfen ist. Eine Anlage von denselben hält länger, als eine solche von den andern Sorten.

Alle diese Vorzüge könnten sie ganz besonders zur Anpflanzung empfehlen, wenn sie hinsichtlich der Verarbeitung und Verwerthung nicht auch ebensoviele Fehler hätte. In letzterer Hinsicht ist sogar einer ihrer Vorzüge zu bemerken; sie wird zu stark und kann deshalb nur zu groben Korbmacherwaaren benutzt werden. Ferner ist ihr Mark zu stark, sie ist spröde und eignet sich nicht zum Spalten. Die aus ihr gefertigten Waaren sind nicht sehr dauerhaft. Es schadet nicht, wenn sie vereinzelt in den Anlagen vorkommt, weil auch selbst bei feinen Waaren einzelne starke Ruthen nothwendig sind. Nur pflanze man die Purpurweide auf guten

Korbweiden=Kultur.　　　　　　　　　　　　　　2

Boden nicht; denn sie wird fast um die Hälfte geringer bezahlt, wie die guten Sorten. Gewöhnlich läßt man sich von dem schönen Wuchs einnehmen und pflanzt sie, um dann aber zu spät einzusehen, daß man sich getäuscht hat. Dahingegen wird ihre Anpflanzung auf Boden geringerer Qualität und auf Höhen empfohlen, weil dort die bessern, edlern Sorten verkümmern; hier erzielt man im Verhältniß zur Güte des Bodens einen lohnenden Ertrag. Immerhin ist die mit gelber Rinde der mit brauner Rinde vorzuziehen.

Mehr als die Purpurweide empfiehlt sich ihre Abart, salix purpurea viminalis (ad 7), in hiesiger Gegend unter dem Namen „Maigreveling" bekannt. Sie ist eine der besten hier bekannten Weidensorten. Schöne schlanke Ruthen, an der Spitze nur unmerklich dünner, als am Stocke, mit glatten dicht zusammenstehenden Blättern. Die Farbe der Rinde ist dunkelgrün, im Spätsommer ins Hellgrünliche übergehend. Entlaubt erkennt man sie an der Rinde, besonders aber auch daran, daß die Augen viel näher zusammenstehen und dicker sind, wie bei den andern Sorten. An den Spitzen ist sie schwarz melirt und gefleckt. Sie wirft fast keine Seitenäste. Unkundige verwechseln sie zur Zeit des Pflanzens leicht mit der Purpurweide, weil sie auch Blüthen hat. Aber diese unterscheiden sich von denen der Purpurweide dadurch, daß sie kleiner sind und die Staubbeutel nicht die purpurrothe, sondern eine weißlich grüne Farbe haben. Im ersten Jahre wachsen die Ruthen gewöhnlich krumm und liegen mit dem untern Theile an der Erde. Die Anlage sieht dann nicht schön aus und wird für Nichtkenner zu Befürchtungen Anlaß geben, die allerdings ungerechtfertigt sind.

Sie hat annähernd alle Vorzüge der Purpurweide; dabei ist ihr Mark weniger stark, sie ist sehr biegsam und eignet sich ganz besonders zum Spalten. Sie treibt 14 Tage früher wie die andern Sorten und setzt ebensoviel früher die Blätter ab. Ganz rein hat man sie erst in vereinzelten Anlagen. Sie verlangt einen sehr kräftigen Boden. Beim Abrinden ist sie weich, so daß bei den schwächern Ruthen Vorsicht gebraucht werden muß. Sobald sie aber getrocknet ist, wird sie hart und sehr biegsam. Nur einen Fehler hat man bis jetzt an derselben wahrgenommen, dieser besteht darin, daß sie mehr Warzen hat, wie die andern Sorten. Es kommt vor, daß diese in einem Jahre so häufig sind, daß sie zum Spalten sich nicht eignet. Dieser Fehler wird aber durch ihre sonstigen Vorzüge und dadurch ausgeglichen, daß ihr Ertrag quantitativ den aller besseren Sorten übertrifft. Sollte es dazu kommen, daß die abgerindeten Weiden nur auf Gewicht gekauft werden, so empfiehlt sich ihre Anpflanzung indeß nicht so sehr, weil sie um ein Viertel fast leichter ist, wie die andern bessern Sorten.

Die Bachweide ad 8 ist ebenfalls eine sehr gute Weide. Man nennt sie hier gewöhnlich schwarzen oder grauen Greveling. Die Blätter sind hellgrün, unten bläulich. Sie kommt in zwei Arten vor. Die beste ist die mit grünlich grauer Rinde, welche im Winter namentlich zur Pflanzzeit dunkelgrün wird. An der Spitze ist sie schwarz gesprenkelt, mitunter auch gefleckt. Sie wächst schön und schlank, wenn auch nicht so schön und stark, wie der Maigreveling; wirft sehr wenig Seitenäste und ist sehr biegsam. Ihr Holz ist das festeste aller Weidensorten, das Mark ist sehr schwach. Die von derselben gefertigten Waaren sind deshalb auch wohl die dauerhaftesten. Leider kommt sie hier nur selten und bisher nie ganz rein in Anlagen vor. Es hält sehr schwer, sie von der zweiten Art der Bachweide zu unterscheiden, und ist dieses nur an der kaum merkbaren verschiedenen Farbe der Rinde möglich. Mit der größten Sorgfalt ist es gelungen, hier ein viertel Morgen ausschließlich damit zu bepflanzen.

Die zweite Art der Bachweide hat eine dunkelbraune, später ins Gelblichgrüne übergehende Rinde, ist ebenfalls an der Spitze

schwarz gesprenkelt, mitunter auch gefleckt. Sie wirft mehr Seitenäste, hat stärkeres Mark, welches gewöhnlich an einer Seite einen
röthlichen Streifen zeigt, ist weicher, wie die vorgenannte und leidet
auch mehr wie diese vom Frost. Sie ist in hiesiger Gegend vorherrschend und weil sie übrigens sehr biegsam und zu allen Arbeiten
geeignet ist, scheint man sich nicht die Mühe gegeben zu haben,
die bessere Art von ihr zu unterscheiden. Diese Annahme gewinnt
dadurch an Bestand, daß jene Weidenart gewöhnlich mit dem Maigreveling und dem grauen Greveling unter dem Kollektivnamen
„schwarze Weide" bezeichnet wird.

Es wird hier gleichzeitig auf die Aehnlichkeit der schlechtern
Sorten mit den bessern aufmerksam gemacht. Die sogenannte Maasweide hat viel Aehnlichkeit mit den drei letztgenannten Sorten. Der
einzige Unterschied besteht darin, daß die drei guten Sorten gesprenkelte und gefleckte Spitzen haben, welches bei der Maasweide
nicht der Fall ist.

Die Dornweide ist dem schwarzen Greveling sehr ähnlich. Sie
hat aber keine gesprenkelte Spitze und die Augen sind scharf und
dornig.

Den Schluß der guten Sorten bildet die gelbe Weide ad 9,
welche wohl hinsichtlich ihrer Verarbeitung als die beste bezeichnet
werden kann. Sie verlangt indeß einen besonders guten Boden
und verkümmert schon auf mittelmäßigem. Bei ihrer Auswahl
muß man jedoch mit großer Vorsicht zu Werke gehen; denn nur
eine Art derselben ist gut, während die andere ebenso unbrauchbar, weil sehr spröde ist. Die Rinde ist orangengelb; sie wächst
schlank aber nicht sehr üppig und ihr quantitativer Ertrag bleibt
hinter dem der andern Sorten zurück.

Der Unterschied zwischen der guten und schlechten Art besteht
darin, daß bei ersterer die Augen fein sind und fest anliegen, während dieselben bei der letzteren dick und scharf sind. Sie kommt

nur vereinzelt in Anlagen vor; auch empfiehlt es sich nicht, sie für sich zu pflanzen, einestheils ihres geringen Ertrages willen, anderntheils deshalb, weil die gute Art so sehr schwer von der schlechten zu unterscheiden ist.

Die Pflanzungen sind bisher nur selten im ersten Jahre geschnitten worden. Gewöhnlich bleibt der Aufwuchs zwei Jahre stehen, hat aber dann für Korbmacher nur geringen Werth. Daher kommt es, daß bei neuen Anlagen meist zweijähriges Holz ge pflanzt wird. Es darf daraus jedoch nicht, wie häufig noch geschieht, gefolgert werden, daß eben nur zweijähriges Holz sich zum Pflanzen eigne. Die Erfahrung lehrt vielmehr, daß einjähriges Holz, wenn es nur die erforderliche Stärke hat, ebenso gut, wenn nicht besser ist. Wenigstens besitzt es mehr Triebkraft, wie das zweijährige, von welchem die untern Theile, namentlich, wenn sie sehr stark sind, schwer anschlagen und selten mehr wie einen Sprößling treiben. Dünne Pflänzlinge verdienen daher (vorausgesetzt, daß sie sich beim Einstecken nicht biegen), vor dicken unbedingt den Vorzug.

Man sehe besonders darauf, daß die zum Pflanzen bestimmten Weiden nicht im Herbste geschnitten werden; denn wo dieses geschieht, stellt man gewöhnlich das geschnittene Holz den Winter hindurch ins Wasser, damit es nicht trocken wird. Dann aber verlieren die untern Theile, welche sich im Wasser befinden, die Triebkraft größtentheils, so daß man sie nicht pflanzen darf. Welcher Verlust aber entsteht, wenn von jeder Pflanzweide zwei bis drei Stecklinge unbrauchbar sind, sieht jeder ein. Pflanzt man diese aber dennoch, so wird der Schaden nur noch größer, weil sie nicht anschlagen oder nicht im Stande sind, gesunde Sprößlinge zu treiben.

Noch ein anderes Verfahren wird bei Aufbewahren des im Herbste geschnittenen Pflanzholzes angewendet. Es wird nämlich in den Keller gelegt oder vollständig vergraben, bis die Zeit zum Pflanzen gekommen ist. Dieses Verfahren scheint entschieden besser zu sein, doch kann darüber mit Bestimmtheit nichts gesagt werden, weil derartige Versuche hier noch nicht gemacht worden sind. Mag es sich wirklich auch als weniger schädlich erweisen, besser ist es, das Pflanzholz einen bis zwei Monate vor dem Pflanzen zu schneiden und an einem dunkeln Orte aufzubewahren. Neuere Beobachtungen haben dargethan, daß die gleich nach Abschneiden gepflanzten Weiden langsamer trieben, wie diejenigen, welche einen bis zwei Monate vorher geschnitten und wie vorgesagt aufbewahrt wurden.

Bei rechtzeitig umgegrabenen Anlagen genügt eine Länge von 18 Centim. für die Stecklinge und wenn dazu die Anlage bewässert werden kann, ist sogar eine Länge von 15 Centim. ausreichend. Ist aber die Anlage spät umgegraben worden, so müssen die Pflänzlinge 20 bis 23 Centim. lang sein. Die Pflänzlinge länger zu machen als eben nothwendig ist, würde die Anlagekosten ohne irgend welchen Vortheil erhöhen, denn gewöhnlich verdörrt der untere Theil derselben, während sie dicht unter der Oberfläche, sofern der Boden einen entsprechenden Grad von Feuchtigkeit hat, Wurzel schlagen.

4. Das Pflanzen.

Sobald die Anlage gehörig vorbereitet ist, kann man im Februar oder März, wenn die Witterung es erlaubt, mit dem Pflanzen beginnen. Je früher dieses geschehen kann, um so besser ist es. Allzu spätes Pflanzen ist auch selbst dann noch von Nachtheil, wenn die Rinde sich beim Einstecken noch nicht lösen sollte, weil die Stecklinge zu spät treiben und deshalb die Weiden im ersten Jahre zu schwach bleiben.

Das Pflanzen geschieht in folgender Weise:

Die Pflänzlinge werden, wenn sie auf die entsprechende Länge abgehauen sind, in Körbe gelegt; durch eine Schnur wird die Richtung abgesteckt; jeder Arbeiter erhält einen solchen Korb, steckt nun die Pflänzlinge der Schnur entlang und tritt sie nöthigenfalls mit dem Fuße ein. Dabei ist es gut, ja sogar nothwendig, daß die Pflänzlinge 2 Centim., höchstens aber $2^{1}/_{2}$ Centim. hervorstehen, weil bei starken Regengüssen, mehr aber noch bei Fluthen, die Pflänzlinge gar leicht mit Erde bedeckt werden, in Folge dessen, wenn auch die Triebe die dünne Erdschicht durchbrechen, einzelne Pflänzlinge nicht treiben und die Schnecken und Würmer die aus dem Boden hervordringenden weichen Sprößlinge oft abfressen. Beim Pflanzen muß natürlich darauf geachtet werden, daß die Augen nach oben zu stehen kommen. Es ist dieses aber nur dann thunlichst, wenn schon beim Abhauen und beim Hinlegen in die Körbe darauf die gehörige Sorgfalt verwandt wird.

Die Entfernungen richten sich in etwa nach der Güte des Bodens. Bei sehr üppigem Boden treiben die Weiden Seitenäste, das Unkraut wächst stärker und es ist fast nicht möglich die Anlage rein zu erhalten. Stehen die Weiden jedoch ganz dicht, so wird der Mangel an Luft und Licht das Ausschlagen von Seitenästen verhindern, die Weide zu ihrem Vortheil höher treiben und das Unkraut nicht aufkommen lassen. Weil solcher Boden auch im Stande ist, mehr zu produciren, so empfiehlt sich das dichte Pflanzen doppelt. Es sind deshalb bei gutem Boden die Reihen nur 38 Centimeter von einander entfernt und innerhalb der Reihen die Pflänzlinge auf $12^{1}/_{2}$ — 15 Centim. Entfernung zu pflanzen. Bei schlechterem Boden können die Reihen 45 Centim. von einander entfernt bleiben, und die Pflänzlinge in den Reihen auf $17^{1}/_{2}$ — 20 Centim. Entfernung gepflanzt werden. In weiterer Entfernung zu pflanzen empfiehlt sich nicht, selbst wenn der Boden auch noch so schlecht ist. Man erzielt dadurch eben nur Strauchholz, aber keine schönen schlanken Weiden. Zwar nicht wesentlich, doch sehr empfehlenswerth ist es, da, wo thunlich, so zu pflanzen, daß die Reihen in der Richtung von Südost nach Nordwest zu stehen kommen. Die wohlthätige Morgensonne dringt alsdann desto besser zwischen den Reihen hindurch in die Pflanzung, während die heiße Mittagssonne den Boden nicht so austrocknet, indem die eine Reihe die andere, beziehungsweise den Boden mit ihrem Schatten bedeckt. Die Zahl der Pflänzlinge für einen Morgen nach der erstgenannten Entfernung berechnet, beträgt circa 43,000. Am besten ist es, die Lieferung nach Stück zu vergeben, wobei man, wenn die Bezugsquelle nicht ganz zuverlässig ist, vorbehalten muß, daß das Pflanzholz in ungehauenen Stöcken geliefert und erst an der Anlage gehauen wird, weil man nur an den Spitzen mit Sicherheit die guten Sorten erkennen kann.

Will man die gewöhnliche Korbweide salix viminalis zur Gewinnung von Reifstäben pflanzen (und dies empfiehlt sich an besonders mästigen Stellen, wo man viel Unkraut befürchtet), so darf man nicht auf zu kurze Entfernungen pflanzen. Die Reihen müssen mindestens 60 Centimeter weit von einander und die Pflänzlinge in den Reihen auf 30 Centim. Entfernung gepflanzt werden.

5. Ent= und Bewässerung der Anlagen.

Wo es nur irgend thunlich ist, muß man Ent= und Bewässerung einzurichten suchen. Im Winter darf die Anlage nicht zu naß sein, weshalb auf eine zweckmäßige Ableitung des Wassers Bedacht genommen werden muß. Zu diesem Zwecke genügen offene Gräbchen, welche in einen Hauptabzugsgraben münden. Drainage ist nicht nothwendig, würde sich sogar nicht empfehlen, weil die Wurzeln der Weide, die mitunter sehr tief gehen, sie verderben.

Eine Bewässerung im Sommer ist ganz besonders von Nutzen. Die Weiden, namentlich aber die bessern Sorten können auf trocknem Boden nicht aufkommen, weshalb ihre Anpflanzung auch nur in den Niederungen und an feuchten Stellen möglich ist. Uebrigens ist die Bewässerung einer Weidenpflanzung viel leichter, als die Bewässerung der Wiesen. Bei letzteren hat die Bewässerung hauptsächlich den Zweck, dieselben durch Ablagerung von Schlamm zu düngen und selbst im Sommer, wo diese Düngung nicht bezweckt wird, muß das Wasser doch auf das Terrain gebracht werden. Anders verhält es sich mit der Bewässerung der Korbweiden. Hier wird nur die Anfeuchtung des Bodens bezweckt und es braucht das Wasser nur in die dazu bestimmten Gräbchen gebracht werden. Es ist also ein viel geringeres Aufstauen des Wassers erforderlich, wie bei Bewässerung der Wiesen. Wenn auch zur Düngung der Anlage es gewiß wünschenswerth erscheint, den Schlamm auf die Anlagen zu bringen, so hat doch eben diese Ueberschlammung in hiesiger Gegend und überall da, wo das Wasser aus kleinen Gewässern, Bäche ꝛc. genommen wird, auch große Nachtheile im Gefolge. Dieses Wasser nämlich führt den Samen all des Unkrauts mit sich, welches an den Ufern der Bäche und auf den Flächen. die dasselbe passiren muß, wächst und lagert ihn mit dem Schlamme auf den Anlagen ab. Da mag man sich noch so große Mühe geben, um das Unkraut zu vertilgen, man wird dieses nicht vermögen und den Ruin der Anlage nicht verhindern können.

Hinsichtlich der Zeit der Bewässerung wird namentlich darauf aufmerksam gemacht, daß, sobald die Weide im Frühjahr ausschlägt, sie bis Mitte Mai von den Nachtfrösten zu leiden hat. Hält man diese Zeit hindurch Wasser in den Gräbchen, so ist die Gefahr des Erfrierens der jungen Triebe viel geringer, weil das so in der Anlage befindliche Wasser den Frost an- und von den Weiden abzieht. Von Juni bis Ende August kann man abwechselnd immer bewäffern, wenn der Boden zu trocken wird. Eine Anlage, welche im Winter ent= und im Sommer bewäffert wird, bringt viel größeren Ertrag, hält länger und die Qualität der Weide, sowie ihr schlanker Wuchs gewinnen bedeutend.

6. Nachtheilige Einwirkung und Unterhaltung.

Zu den nachtheiligen Einwirkungen auf die Korbweiden-Pflanzungen gehören:

a. Die Trockenheit.

Auf einem hochgelegenen Terrain kann die Anlage der beffern Sorten nicht gedeihen, indem das durch Regen zugeführte Waffer zum Wachsthum der Pflanze allein nicht hinreicht. Wie und in welchem Grade der Trockenheit durch Bewäfferung entgegen zu treten ist, zeigt der vorherige Abschnitt.

b. Die Versumpfung.

Die Nachtheile der Versumpfung und die Beseitigung derselben sind schon im Abschnitt 2 angeführt.

c. Das Unkraut.

Das Unkraut ist wohl der gefährlichste Feind guter Anlagen. Besonders schädlich ist die wilde Winde (convolvulus sepium). Sie umschlingt die Weiden, stört ihr Wachsthum und zieht die Spitzen herunter. Einmal in der Anlage, breitet sie sich, namentlich durch ihren Samen, welcher beim Auffspringen der Kapseln weit fortspringt, in wenigen Jahren über die ganze Anlage aus und ruinirt sie vollständig. Auf ihre Vertilgung muß deshalb ganz besonders Bedacht genommen werden. Man versuchte früher, sie dadurch zu vertilgen, daß man sie zweimal abbrach. Dadurch wurde die Samenbildung verhindert und auch der so schnellen Verbreitung entgegengearbeitet. In letzter Zeit jedoch ist ein anderes Verfahren mit besserem Erfolge angewendet worden. Wenn nämlich die Pflanzen 15—30 Centim. hoch geworden, daß man sie mit Sicherheit erkennen kann, so werden dieselben mit einem scharfen Instrument 12$\frac{1}{2}$—15 Centim. tief unter der Erdoberfläche abgestochen, ausgezogen und aus der Anlage entfernt. Die nicht ausgestochenen werden dann noch, und zwar während der Blüthezeit abgebrochen. Dieses Verfahren, obgleich etwas kostspielig und beschwerlich, ist dringend zu empfehlen.

Ebenso verfährt man mit der Distel und der Nessel, die, wenn auch weniger wie die Winde, doch immerhin sich fortpflanzen und durch ihr rasches Wachsthum gewöhnlich die Weiden überholen und sie dann ersticken.

Die übrigen Unkräuter und das Gras werden am besten dadurch unschädlich gemacht, daß die Stellen der Anlage, wo dieselben vorkommen, jedes Jahr gleich nach dem Schnitt der Weiden mit der Rasenhacke abgehauen werden. Hierdurch stört man das Wachsthum des Unkrauts 2c. mindestens soviel, daß die Weiden dasselbe überholen und es ersticken. Fehlerhaft ist es jedoch, wenn man den abgehackten Rasen aus der Anlage entfernt und ihr so ein Düngemittel entzieht. Es empfiehlt sich vielmehr, nach dem Abhacken trockene Witterung abzuwarten, dann den abgehackten Rasen durch Schütteln mit einer Mistgabel von der anhängenden Erde zu befreien und so verdorren zu lassen.

d. Insekten.

Es giebt eine Art von Gallwespen (Cynips salicis), welche der Weide besonders schaden. Diese setzen sich in den Spitzen fest, ziehen die Blätter zusammen und verhindern so das Wachsthum. Die Spitze, worin sich dann gewöhnlich Larven befinden, verkümmert.

(Es bildet sich die sogenannte Weidenrose.) Die Weide wirft Seitenäste und ist zum Abrinden unbrauchbar. Ihr Werth wird dadurch
um die Hälfte vermindert. Seit den achtzehn Jahren des Be-
stehens der hiesigen Anlagen ist dieser Uebelstand erst im Jahre
1867 hier bemerkt worden und wiederholte sich im folgenden Jahre,
während die Jahre 1869 bis 1873 diese Erscheinung nicht oder
doch nur sehr vereinzelt brachten. Hauptsächlich leidet daran die
Bachweide und die gewöhnliche Korbweide, während die andern
Sorten gar nicht oder doch nur sehr wenig davon angegriffen werden. Erfahrungen über die Ursachen des Entstehens, sowie über
ihre Vertilgung konnten bis jetzt vollständig nicht gemacht werden.
So viel ist indeß festgestellt, daß die Anlagen, in deren unmittelbarer Nähe sich Erlenpflanzungen befinden, davon selbst in den
letzten Jahren betroffen worden sind. Auch das ist konstatirt, daß
die Lagerung von getrockneten Korbweiden in der Nähe der Anlagen die Entstehung und Verbreitung befördert. Sodann glaubt
man bemerkt zu haben, daß bei trockener Witterung das Uebel
sich ausdehnte, während bei nasser Witterung Stillstand eintrat.

Auch die Raupe hat in den letzten Jahren nicht unbedeutende
Verheerungen in den Anlagen angerichtet. Dieselbe trat vor vier
Jahren an einzelnen Stellen auf, konnte aber vertilgt werden.
Von Jahr zu Jahr verbreitete sie sich indeß an den betreffenden
Stellen mehr und mehr, so daß in diesem Jahre in einer Anlage
schon 5 Morgen von ihr abgefressen wurden. Weil die Raupe
aber bereits im Juni sich verpuppt, trieben die Stöcke neue Schößlinge und lieferten noch einen mittelmäßigen Ertrag. Im Jahre
1873 trat an den Stellen, wo in früheren Jahren die Raupe ihr
Wesen getrieben, noch eine andere Erscheinung auf. Die Stöcke
vertrockneten und trieben im Frühjahre keine Schößlinge. Eine
nähere Untersuchung ergab, daß der gewöhnliche Holzwurm (Larve
der Lamia textor) in den Stöcken sich befand. Im Juni indeß

zeigten sich an diesen Stöcken unterhalb des angefressenen Theiles wieder Triebe, die sehr schnell wuchsen und noch eine Höhe von 1 Meter erreichten. Vorläufig sind diese Anlagen nicht geschnitten worden und muß man abwarten, welchen Einfluß dieser Uebelstand auf die betreffenden Pflanzungen hat.

Der Weidenblattkäfer hat sich nur einmal hier gezeigt, und es war nur die Purpurweide, welche beschädigt wurde, während die mit dieser im Gemenge stehenden andern Sorten nicht angegriffen wurden. Die Blätter der Purpurweide waren aber auch so durchfressen, daß nur noch das Gerippe übrig blieb.

e. Frost.

Die Nachtfröste im April und Mai sind den Anlagen auch sehr schädlich. Erfriert die Spitze, so bilden sich Seitenäste, die zwar theilweise so hoch und schlank werden, daß sie zum Abrinden noch tauglich sind. Doch ist der untere Theil in einer Länge von 30 — 60 Centim. fast nicht zu benutzen. Auch bilden sich durch den Frost Auswüchse, Warzen, die ebenfalls die Weide zum Abrinden, besonders aber zum Spalten unbrauchbar machen.

Außer einer Schutzanlage, durch Anpflanzen von Kanadas an der Nordseite (die aber aus dem Grunde nicht besonders zu empfehlen ist, weil die Wurzeln und der Schatten derselben der Anlage Schaden bringt), giebt es nur ein Mittel, die Fröste, so viel als möglich unschädlich zu machen, nämlich die fortwährende Speisung der Gräbchen mit Wasser, wie schon unter Abschnitt 5 gesagt ist.

f. Hagelschlag.

Hagelschlag kann den Weiden auch gefährlich werden. Es ist zwar in hiesiger Gegend nur ein Fall bekannt, wo der Hagel an Korbweiden Schaden verursacht hat, weil eben seit Einführung der

Korbweide hier kein bedeutender Hagelschlag vorgekommen ist. Bis vor wenigen Jahren nahmen die Versicherungs-Gesellschaften die Weide noch nicht auf, jetzt aber haben einige dieselbe unter die Versicherungsobjekte aufgenommen. Man versichert zu $\frac{1}{2}$ Procent. Diese Prämie erscheint hoch, wenn man erwägt, daß doch nur ein sehr starker Hagelschlag Schaden anrichtet und ein Totalschaden nicht denkbar ist, indem die vom Hagel beschädigten Korbweiden, wenn der Hagel früh eintritt, noch wieder ausschlagen, und wenn derselbe später kommt, das Holz sich schon vollständig gebildet hat und nur die Spitzen beschädigt werden können. Sie behalten deshalb auch nach dem Hagelschlag fast die Hälfte oder mehr ihres Werthes, was bei andern Fruchtgattungen nicht immer der Fall ist. Einzelne Gesellschaften haben deshalb auch die Prämie auf $\frac{1}{3}$ Procent ermäßigt. In dem vorgenannten Falle war eine Parzelle von 3 Morgen zur Hälfte beschädigt. Weil diese Weiden gegen Hagelschlag versichert waren, wurde eine sorgfältige Ermittelung des Schadens vorgenommen und ergab eine Entschädigung von einem Viertel der Versicherungssumme.

Die Unterhaltung der Anlage ist im Wesentlichen schon in Vorstehendem angegeben. Außer in der Vertilgung des Unkrauts besteht dieselbe darin, daß man die Be- und Entwässerungsgräbchen jedes Jahr reinigt und den Auswurf über die Anlage bringt. Nur an den Stellen, wo das Wasser sich gesammelt, muß man bei Aufbringung des Auswurfs mit Vorsicht zu Werke gehen, weil dort sich gewöhnlich der Unkrautsamen abgelagert hat. An den Stellen, wo trotz des Abhackens das Gras und Unkraut die Weiden überholt hat, muß man dasselbe aus- oder abreißen lassen. Abschneiden empfiehlt sich nicht, weil dann auch viele jungen Triebe mit abgeschnitten werden. Man läßt diese Arbeit gewöhnlich von Mannspersonen ausführen, weil Frauenzimmer ihrer Kleider wegen sich zwischen den eng zusammenstehenden Reihen nicht frei bewegen.

können und so hin und wieder Schößlinge abbrechen. Ueberhaupt erfordert diese Arbeit besondere Sorgfalt und ist deshalb anzurathen, dazu nur verständige erwachsene Arbeiter zu nehmen.

In der letzten Zeit hat sich die Methode ausgezeichnet bewährt, die Anlagen jedes Jahr zwischen den Reihen vollständig bis 5 Centim. tief umhacken zu lassen. Man bringt dadurch die Blätter unter die Erde und befördert so deren Verwesung. Der befruchtende Regen dringt besser in den Boden und der so gelockerte Boden ist besser im Stande die überflüssige Feuchtigkeit auszudunsten und den zur Zersetzung der mineralischen Bestandtheile nothwendigen Sauerstoff aus der Luft aufzunehmen. Andererseits aber ermöglicht man dadurch auch den kleinen Saugwurzeln, sich weiter zu verbreiten und ihre Nahrung für die Pflanze in größerer Ausdehnung zu suchen. Es geschieht diese Arbeit, sobald die Korbweiden geschnitten sind und trockene Witterung eingetreten ist; man muß sie natürlich sofort einstellen, wenn die Stöcke anfangen zu treiben, weil sonst beim Umhacken die jungen Triebe verletzt werden. Unbedingt nothwendig ist es deshalb, die Zeit nach dem Schneiden gut zu benutzen. Hier wird für das Umhacken pro Morgen $2\frac{1}{2}$ — 3 Thlr. gezahlt. Welchen praktischen Einfluß diese Arbeit auf die Anlage hat, wird in Abschnitt 8 klar gestellt.

Vielfach wird noch zugegeben, das Laub aus den Anlagen zu sammeln. Es ist dieses aber durchaus nachtheilig, weil man der Anlage dadurch Düngstoff entzieht. Versuche, eine weniger einträgliche Anlage zu düngen, sind noch sehr wenig gemacht worden. Die Wichtigkeit und Nothwendigkeit der Düngung ist jedoch nicht zu verkennen und es wird dieses im Abschnitt 8 näher erörtert werden.

7. Das Schneiden.

Das Schneiden der Korbweiden kann von Oktober bis Mitte April erfolgen. Wo durch Austreten der Gewässer das Terrain im Winter und Frühjahr unter Wasser kommt, ist der Spätherbstschnitt anzurathen, weil man nachher Gefahr läuft, des Wassers wegen nicht zeitig schneiden zu können, und so den einmaligen Ertrag der Anlage einzubüßen. Mit dem Herbstschnitt darf man aber erst dann beginnen, wenn die Weiden vollständig entlaubt sind. Die mit den anhängenden Blättern aufbewahrten Korbweiden erhalten schwarze Flecken, wodurch sie bedeutend an Werth verlieren. Bei solchen Weiden, welche mit der Rinde zu sogenannter grauer Waare verwendet werden, empfiehlt sich der Schnitt vom 15. November bis 1. Februar, weil die nicht im Saft geschnittenen Weiden mit der Rinde zäher sind, als die im Saft geschnittenen. Dahingegen ist für Weiden, welche abgerindet und weiß verbraucht werden, die Zeit vom 15. Februar bis Ende März oder längstens Mitte April zum Schneiden zu benutzen. Schneidet man später, so verliert der Stock an Vegetationstrieb.

Der erste Schnitt einer neu angelegten Pflanzung erfolgte bis jetzt gewöhnlich erst im zweiten Jahre, wo dann wie vorher schon gesagt, der zweijährige Aufwuchs als Pflanzholz benutzt wird. Man war der Ansicht, daß der Stock beim Schneiden im zweiten Jahre weniger litt, weil er stärkere Wurzeln hatte und fester stand. Neuere Erfahrungen haben jedoch das Gegentheil bewiesen. Die Wurzelbildung wird mehr gefördert, wenn schon im ersten Jahre geschnitten wird, und wenn auch dann die Wurzeln noch nicht so stark sind, so ist aber auch die Weide noch schwach und schneidet sich viel leichter. Der Schnitt im ersten Jahre hat auch den Vortheil, daß man schon sofort einen kleinen Ertrag hat und im zweiten

Jahre die Weiden entschieden höhern Werth haben, als das zwei=
jährige Holz. Es wird jedoch nicht unter allen Umständen ange=
rathen, im ersten Jahre zu schneiden. Nur dann, wenn die Wei=
den stark genug werden (1,20 — 1,80 Meter hoch), darf man dazu
übergehen.

Auch der Versuch ist gemacht worden, die stärksten Ruthen im
ersten Jahre abzuschneiden und die schwächeren stehen zu lassen.
Man glaubte, die abgeschnittenen Stöcke würden wieder Ruthen
treiben und so im zweiten Jahre den Ertrag erhöhen. Dieses Ver=
fahren hat sich nicht bewährt; die jungen Schößlinge wurden von
den stehen gebliebenen Weiden erstickt und kamen nicht auf.

Weil überhaupt hinsichtlich der Frage „ob es besser sei, die
Neupflanzung schon im ersten Jahre zu schneiden oder erst im zwei=
ten", die Ansichten sehr auseinander gingen, wurde bei einer An=
lage von 12 Morgen, die im Jahre 1867 bepflanzt wurde, ein
Versuch in der Weise gemacht, daß an beiden Seiten und in der
Mitte ein Morgen im ersten Jahre geschnitten wurde, während 9
Morgen bis zum zweiten Jahre stehen blieben. Die Weiden auf
dem mittleren Morgen und seiner Umgebung wurden einige Jahre
von den Raupen beschädigt, und obgleich die Erträge dieses Mor=
gens höher waren, wie die der nebenliegenden, so ist doch dabei
ein sicheres Resultat nicht festzustellen.

Dahingegen ergiebt die Vergleichung der Erträge der beiden
andern mit den nebenliegenden Parzellen folgendes Resultat.

Es brachten auf:

Die erste Parzelle.

a. Die im ersten Jahre   b. Die im zweiten Jahre
geschnittenen.

	a.				b.			
1867 =	8	Thlr.	15	Sgr.	—	Thlr.	—	Sgr.
1868 =	45	„	10	„	34	„	10	„
1869 =	60	„	20	„	53	„	—	„
1870 =	40	„	15	„	34	„	15	„
1871 =	52	„	—	„	43	„	—	„
1872 =	67	„	15	„	67	„	—	„
1873 =	78	„	20	„	68	„	15	„
Summa	353	Thlr.	5	Sgr.	300	Thlr.	10	Sgr.

Die zweite Parzelle.

	a.				b.			
1867 =	9	Thlr.	—	Sgr.	—	Thlr.	—	Sgr.
1868 =	59	„	15	„	27	„	20	„
1869 =	63	„	—	„	67	„	20	„
1870 =	40	„	20	„	36	„	10	„
1871 =	55	„	20	„	52	„	15	„
1872 =	80	„	15	„	78	„	—	„
1873 =	82	„	—	„	68	„	—	„
Summa	390	Thlr.	10	Sgr.	330	Thlr.	5	Sgr.

Die ganze Anlage war in demselben Jahre angelegt. Sowohl in der Bodenbeschaffenheit der nebeneinander gelegenen Parzellen, als auch in der Bearbeitung und in dem Pflanzholze war absolut kein Unterschied, und doch sehen wir, daß die im ersten Jahre geschnittenen Parzellen, die eine 52 Thlr. 25 Sgr.; die andere 60 Thlr. 5 Sgr. in den 7 Jahren mehr eingetragen hat-

ten, wie die im zweiten Jahre geschnittenen. Sogar mit Aus=
nahme des Jahres 1869, wo bei der zweiten Parzelle der im
ersten Jahre geschnittenen 4 Thlr. 20 Sgr. weniger erzielt wurden,
zeigte sich in jedem Jahre der Ertrag höher. Auch die Be=
fürchtung, daß die im ersten Jahre geschnittenen Pflanzungen desto
früher abstürben, kann man durch diesen Versuch als widerlegt
ansehen, denn grade im Jahre 1873, also im siebenten Jahre,
ist der Unterschied zu Gunsten der im ersten Jahre geschnittenen am
größten. Dieses alles spricht dafür, daß man die Anlage im ersten
Jahre schneiden soll.

Nach dem ersten Jahr wurden die Weiden in jedem Jahre ge=
schnitten, bis die Anlage abgestorben ist. Die Bachweide soll in=
deß den jährlichen Abhieb nicht ertragen können und eine mit die=
ser bepflanzte Anlage von längerer Dauer sein, wenn nur 3 Jahre
nacheinander und im 4. Jahre nicht geschnitten wird. Es hat sich
dieses bestätigt und wird hierauf in Abschnitt 8 näher eingegangen
werden.

Das Schneiden muß mit einem scharfen, sichelförmigen In=
strument so dicht am Stamme, wie nur möglich geschehen, damit
die Stöcke nicht zu hoch werden. Der Schnitt selbst muß kurz und
nicht, wie vielfach geschieht, länglich gemacht werden. Wo eine
Anlage durch die Käufer mangelhaft geschnitten ist, lohnt es sich
sie nachschneiden zu lassen. Auf einen Uebelstand beim Schneiden
muß besonders aufmerksam gemacht werden. Die Käufer schneiden
gewöhnlich die ganz feinen und kurzen Ruthen nicht, weil dieselben
für sie keinen Werth haben. Diese kleinen Ruthen aber treiben
früher, als die Stöcke ausschlagen, und ziehen so die meiste Nah=
rung nach sich; sie werfen sofort Seitenäste und ersticken die jungen
Triebe. Es ist unbedingt nothwendig, diese kleinen Räuber, wie
man sie füglich nennen kann, nach dem Schnitt der Korbweiden
sofort abschneiden zu lassen. Die Korbmacher zahlen für den Auf=

wuchs einer Parzelle, wo dieses nicht geschehen ist, weniger und sagen: „Es ist zu viel altes Holz darin."

Es wird hier noch besonders darauf aufmerksam gemacht, daß beim Schnitt im ersten Jahre, wo die Stöcke noch schwach bewurzelt sind, mit Vorsicht zu verfahren ist, damit der Stock nicht ausgerissen wird. Hier wird der erste Schuß selten auf dem Stocke verkauft, sondern von den Producenten selbst geschnitten, und abgewartet, bis ein leichter Frost eintritt. Schneidet man dann, so ist nicht zu befürchten, daß die Wurzeln gelöst oder die Stöcke ausgezogen werden.

8. Dauer der Anlagen.

Die Korbweiden-Kultur in der hiesigen Gegend ist noch zu jung, um in Bezug auf die Dauer der Anlagen ein festes Urtheil zu haben. Wenn wir die bisher gewonnenen Erfahrungen zu Grunde legen, so würden wir zu dem Schlusse kommen, daß eine zwölfjährige Dauer als Maximum anzusehen sei; denn die Anlagen, welche 12 Jahre alt geworden sind, ergeben zwar noch Erträge, aber so geringe, daß eine Erneuerung derselben oder ihre Abtreibung zur Herstellung einer andern Kultur geboten erscheint.

Es versteht sich von selbst, daß hier nur von solchen Anlagen die Rede sein kann, wie sie hier bestehen. Wollte man z. B. auf weitere Entfernungen, die Reihen auf 60 Centim. und innerhalb der Reihen auf 22 Centim. pflanzen, so würde unstreitig die Anlage von längerer Dauer sein.

Die in letzter Zeit gemachten Erfahrungen deuten indeß darauf hin, daß neben der Bodenbeschaffenheit von wesentlichem Einfluß auf die Dauer der Anlagen die Ent- und Bewässerung, die Unterhaltung, die Düngung und die Unterbrechung des jährlichen Abtriebs ist.

Entwässerung ist an vielen Stellen, Bewässerung hingegen jetzt nur bei einzelnen Anlagen möglich; sie wird dieses nur allgemein, wenn sich Genossenschaften zur Ent- und Bewässerung bilden. So lange das nicht der Fall ist, kann im Allgemeinen die Bewässerung als ein Faktor zur Beurtheilung nicht in Betracht kommen.

Schon in Abschnitt 6 ist angedeutet worden, wie eine Vernachlässigung der Anlage ihren Ruin bald herbeiführen kann. Da indeß Zahlen am besten beweisen, so wird auf die Resultate der Parzelle von $1\frac{1}{4}$ Morgen, wovon im Eingange die Rede ist, hingewiesen, wo im Jahre 1864, als man damit anfing die Anlage zu reinigen, der Ertrag bedeutend stieg. (Die Parzelle von 1.7 Morgen, ebenfalls im Eingange erwähnt, hatte nur wenig Unkraut und wurde deshalb nicht gereinigt.) Ganz besonders aber zeigt sich der Werth der sorgfältigen Unterhaltung bei den Parzellen, deren Erträge zur Beurtheilung der Vorzüge des erstjährigen Schnitts in Abschnitt 7 aufgeführt sind. Diese Anlagen waren in den letzten 4 Jahren fast alljährlich umgehackt worden. Nur diesem Umstande ist es zuzuschreiben, daß der Ertrag von da ab von Jahr zu Jahr steigt und im siebenten Jahre sogar die höchsten Erträge zu verzeichnen sind. Der praktische Erfolg dieser Arbeit ist damit konstatirt, und man kann daraus ermessen, wie zweckmäßig und nothwendig diese in Abschnitt 6 näher beschriebene Arbeit ist, und welch großen Einfluß dieselbe auf die Dauer der Anlagen haben muß.

Unter den Ursachen des allmäligen Absterbens der Korbweiden muß auch die Erschöpfung des Bodens an den zum Wachsthum dieser Pflanzen unentbehrlichen mineralischen Bestandtheilen gerechnet werden. An den Ufern des Rheins dauern die Korbweiden 25 — 30 Jahre aus. Die Weiden werden dort alljährlich wiederholt überfluthet, und der zurückbleibende Schlamm ersetzt ihnen die mineralischen Nahrungsbestandtheile, welche mit den

Holzernten dem Boden entzogen werden. Unsere Korbweiden werden nicht in dieser Weise unter Zurücklassung eines fruchtbaren
Schlammes überfluthet, und es entstand also die Frage: in welcher
andern Weise kann man diesen Ersatz am billigsten leisten? Zur
Beantwortung der Vorfrage, welche mineralischen Nahrungsbestandtheile werden dem Boden durch eine einjährige Korbweidenernte
entzogen? veranlaßten wir eine chemische Analyse der Aschenbe-
standtheile von 3 Korbweidenarten:

    a) der Bachweide (Salix helix),

    b) der Abart der Purpurweide (Salix purpurea viminalis),

    c) der Purpurweide (Salix purpurea),

von welchen frisch abgeschnittene Ruthen an die chemische Versuchs-
station des landwirthschaftlichen Vereins für Rheinpreußen in Bonn
eingeschickt wurden. Das Resultat dieser durch Herrn Dr. Karmrodt ausgeführten Analyse ist Folgendes:

Bestandtheile.	Salix helix.		Salix purpurea viminalis.		Salix purpurea.	
	Grüne Ruthen.	Asche.	Grüne Ruthen.	Asche.	Grüne Ruthen.	Asche.
Kali	1,5485	20,091	1,7662	24,179	1,6285	22,044
Natron	0,0365	0,473	0,0380	0,520	0,0410	0,555
Bittererde	0,6568	8,521	0,4675	6,400	0,5038	6,819
Manganoxydul	0,1163	1,508	0,0748	1,023	0,0665	0,900
Kalk	1,7345	22,504	1,8073	24,740	1,6393	22,190
Eisenoxyd	0,1130	1,466	0,0467	0,640	0,0642	0,870
Phosphorsäure	1,6005	20,765	1,1193	15,322	0,9660	13,076
Kieselsäure	0,0750	0,973	0,0600	0,821	0,1537	2,081
Chlor	0,0235	0,305	0,0332	0,455	0,0122	0,166
Schwefelsäure	0,1882	2,443	0,2565	3,512	0,2590	3,506
Kohlensäure	1,6147	20,951	1,6355	22,388	2,0533	27,793
Mineralstoffe	7,7075	100,000	7,3050	100,000	7,3875	100,000
Organische Stoffe . . .	444,7925		441,4450		465,3625	
Wasser	547,5000		551,2500		527,2500	
Summa	1000,0000		1000,0000		1000,0000	
Frische Ruthen	45,25% Trocken-Substanz.	0,77% 1,70%	44,87% Trocken-Substanz.	0,73% 1,63%	47,27% Trocken-Substanz.	0,74% 1,56%

Zu diesen Analysen schreibt Herr Dr. Karmrodt folgendes:

„Die drei in grünem Zustande übersandten Weidensorten wurden in kurze Stückchen geschnitten (jedesmal 600 Gramm) gewogen und allmälig, endlich bei 110° C. getrocknet und wieder gewogen. Sodann wurden die getrockneten Stückchen in Platinaschalen sorgfältig und bei ganz gelinder Hitze in reine Asche verwandelt. Letztere ist dann nach den besten analytischen Methoden auf ihre Bestandtheile untersucht worden. Einen Bestandtheil, welchen ich in den Aschen der Weiden vorfand, habe ich nicht bestimmt; dieser ist Zinkoxyd. Die Menge desselben war sehr gering, aber dies Vorkommen hat doch immerhin Interesse, weil man noch in sehr wenigen Pflanzenaschen, z. B. dem gelbblühenden Galmey-Veilchen, was auf zinkhaltigem Boden vorkommt (bei Aachen, Stolberg ꝛc.), andere Bestandtheile bestimmte, als die, welche ich unten angebe. Ich werde Gelegenheit nehmen, den Zinkgehalt der Weiden (welcher aus dem Boden kommt), auch der Menge nach festzustellen, zu welchem Zweck aber eine andere Methode als die der Verbrennung anzuwenden ist, weil das Zink durch die verbrennende Substanz des Holzes reducirt wird und das metallische Zink flüchtig ist. Da das vorgefundene Zink auf die vorliegende Frage wegen der Düngung einen Werth nicht hat, bitte ich die Erwähnung dieses Bestandtheiles nur als beiläufig aufnehmen zu wollen.

Wie Sie aus den untenfolgenden Analysen der 3 Weidensorten (Ruthen) ersehen werden, weichen meine Angaben stark ab von denen Wolffs und der französischen Analytiker, deren Sie in Ihrem werthen Schreiben vom 13. 12 p. a. erwähnen, was offenbar seinen Grund in der Verschiedenartigkeit des untersuchten Materials haben muß.

Nach dem Urtheile des Herrn Noethlichs ist Salix helix die beste, Salix purpurea viminalis die zweite, und Salix purpurea die am wenigsten gute Sorte dieser drei. Man würde es wagen dürfen, aus den Analysen auf eine gleiche Reihenfolge zu schließen, wozu namentlich die Phosphorsäure und die Bittererde Veranlassung gegeben hätte, deren Vorhandensein auf eine entsprechende Menge stickstoffhaltiger Substanzen schließen läßt, deren Menge freilich hier nicht bestimmt wurde, wahrscheinlich aber in der Salix helix am größten gewesen wäre. Es dürften diese Verhältnisse Anhaltepunkte bieten zu sagen, daß die Salix helix sich am vollkommensten entwickelt habe, wodurch möglicherweise auch die beste Qualität bedingt ist. Weitere Unterschiede ergeben sich bei näherer Betrachtung der Analyse von selbst.

Inwiefern ist nun aus den Analysen ein Anhaltspunkt zu finden, womit und in welcher Weise die Düngung der Weidenpflanzung geschehen soll? Als wesentliche Bestandtheile der Aschen sind zu bezeichnen: das Kali, die Phosphorsäure, die Magnesia, der Kalk und in gewissem Sinne auch die Kohlensäure. Düngemittel, welche Kali und Magnesia, auch Schwefelsäure enthalten, sind verschiedene Staßfurter Salze, insbesondere die Kalimagnesia; Phosphorsäure und Kalk steht in vielen Formen zu Gebote, unter denen die Superphosphate mit reicher Menge leicht löslicher Phosphorsäure am vortheilhaftesten zu verwenden sind; diese enthalten auch alle schwefelsauren Kalk in wesentlicher Menge. Was die Wirksamkeit der löslichen Phosphorsäure der Superphosphate betrifft, so bemerke ich, daß diese leicht lösliche Form im Boden in eine schwerer lösbare verwandelt wird. Dazu erfordert es, daß der Boden Kalk, Bittererde 2c. Bestandtheile enthält. Fehlen diese Bestandtheile im Boden, welche die leicht gelösten Phosphorsäureverbindungen zerlegen, so wirkt das Superphosphat ungünstig, z. B. auf schwerem Thonboden, auf schlechtem Sande 2c. Das Schwerlöslichwerden der Phosphorsäure ist also eine Bedingung für deren gute Wirkung.

Was nun die Kohlensäure betrifft, welche in den Aschen vorgefunden wurde, so ist diese ursprünglich nicht in den Weiden vorhanden, sondern sie entsteht erst bei der Verbrennung organisch-saurer Salze mit mineralischer Basis. (Ein an atmosphärischer Luft und Kohlensäure reicher Boden ist der Entstehung der organischen Pflanzenmasse überhaupt günstiger, als ein durch Feuchtigkeit, resp. Nässe gesättigter Boden. Letzterer aber ist der Weide zusagender. Die Bedingungen, welche ich hierdurch andeuten will, haben vorwiegend Bezug auf die physikalische Beschaffenheit des Bodens.) Die Salix helix zeigte in ihrer Asche die geringste Menge Kohlensäure.

Ich möchte mir nun erlauben, einige Vorschläge zu Versuchen zu machen, um die Weiden-Kulturen nicht nur im Ertrage zu erhöhen, sondern auch die Dauer der Pflanzung zu sichern und zu verlängern.

I. Allgemeine Vorschläge zu Düngeversuchen.

1) Mit Kalimagnesia . . . 50 Kilogrm.
   und Bakersuperphosphat . 50 „ } im Gemisch

2) Mit Kalimagnesia . . . 50 „
   Bakersuperphosphat . . 50 „
   schwefelsaures Ammoniak . 25 „ } im Gemisch.

3) Mit Bakersuperphosphat . 100 „

4) Mit Bakersuperphosphat . 100 „
   und schwefels. Ammoniak . 25 „ } im Gemisch.

5) Aufgeschlossener Peru-Guano 100 „

Es sind die Gewichtsmengen auf die Fläche eines preußischen Morgens zu beziehen. Die Größe der Parzellen mag $\frac{1}{10}$ eines Morgens oder mehr betragen. Die Versuche sollen alsdann zeigen, ob die bezeichneten Quantitäten der Düngemittel bei andern Versuchen die gleichen sein dürfen, oder ob mehr oder weniger anzuwenden für gut gehalten wird. Dies läßt sich von hier aus nicht bestimmen.

II. In Betreff der Dauer wäre folgender Versuch zu machen.

An jedem Weidenstocke bleiben eine oder zwei starke Ruthen, vielleicht solche, welche schlechten Wuchs haben, stehen, damit durch deren Organe die Reservestoffe zur Neubildung von Trieben in der folgenden Vegetationsperiode gesammelt werden können und dadurch auch die Wurzelbildung gefördert wird. Ich glaube, daß das Abholzen sämmtlicher Triebe dem Stocke um so nachtheiliger ist, je ungünstiger die sonstigen Verhältnisse (Boden, Bewässerung ꝛc.) sind. Die Dauer der Pflanzung würde durch angegebene Art des Abholzens (Schneidens) und bei geeigneter Düngung wahrscheinlich verlängert werden. Bei der Spargelkultur kann man dasselbe beobachten; sticht man sämmtliche Triebe einer Spargelpflanze, so gehen diese Pflanzen in der Qualität zurück und dauern weniger lange; läßt man aber ein paar tüchtige Triebe emporschießen, so erhält man (durch deren Rückwirkung auf die Wurzel) das Spargelbeet lange und gut bei sonst richtiger Behandlung mit Dünger ꝛc.“

Diese Vorschläge des Herrn Dr. Karmrodt ermöglichen es dem Producenten Versuche mit Aussicht auf Erfolg anzustellen.

Der Direktor der Lokal-Abtheilung Aachen des landwirthschaftlichen Vereins, Herr Landrath a. D. Haßlacher, hat unter Zugrundelegung oben angeführter Analyse des Herrn Dr. Karmrodt eine sorgfältige Berechnung der dem Boden durch einen regulären Jahresertrag entzogenen Nahrungsbestandtheile angestellt und für die bedeutungsvolle Düngerfrage neue, sehr schätzenswerthe Resultate, beziehungsweise Vorschläge zur Düngung mitzutheilen die Güte gehabt. Obgleich dieselben im Einzelnen von den Vorschlägen des Herrn Dr. Karmrodt abweichen, verdienen sie dennoch umsomehr unsere Beachtung, als die praktische Lösung der Frage, welche und wie große Düngerquanta anzuwenden seien, erst in ihren

Anfängen begriffen ist und der Erfahrung nur erst wenige und vereinzelte Versuche zu Grunde liegen.

Es ist nicht zu verkennen, daß zum Akte der Assimilation die physikalische Beschaffenheit des Bodens und die atmosphärischen Faktoren, Licht und Wärme, wesentlich mitwirken, auch schwerlich die Pflanzen das gegebene Düngerquantum vollständig verzehren, aber es enthält die Berechnung sehr schätzenswerthe Momente, weshalb sie mit den Dünge-Vorschlägen hier folgt.

Nach der Analyse beträgt der Wassergehalt der frischen Weidenruthen über die Hälfte ihres Gewichtes, nämlich:

a. 54,75%.   b. 55,12%.   c. 52,72%.

Dem entsprechend sinken

die organischen Stoffe auf a. 44,47%. b. 44,14%. c. 46,53% und
die Asche auf   a. 0,77%. b. 0,73%. c. 0,73%.

Sieht man auf die Zusammenstellung der Aschen und vergleicht sie mit den Aschen anderer Holzarten (nach Emil Wolff), so fällt sofort der hohe Kali- und Phosphorsäuregehalt und der geringe Kalkgehalt in die Augen. Nur die Asche der Ulme und Linde haben noch einen höhern procentischen Kaligehalt, die andern Holzaschen bedeutend weniger Kali. Der procentische Gehalt an Phosphorsäure wird von keiner der bekannten Holzarten erreicht, und an Kalk von allen weit übertroffen. Die Aschen enthalten nämlich:

an Kali   ad a. 20,09%. ad b. 24,17%. ad c. 22,04%,
an Phosphorsäure ad a. 20,76%. ad b. 15,32%. ad c. 13,07%,
an Kalk   ad a. 22,50%. ad b. 24,74%. ad c. 22,19%.

Nimmt man den jährlichen Ertrag einer in gutem Zustande befindlichen Korbweiden-Anlage zu 150 Gebund von 1,6 Meter Umfang und das Gebund zu 25 Kilogrm. an, so beträgt das Gesammtgewicht einer Jahresernte frischer Weidenruthen 3750 Kilogrm.

Nach der Analyse des Herrn **Dr. Karmrodt** enthalten 1000 Kilogramm frischer Weiden an

	Kilogrm.	Kilogrm.	Kilogrm.	Kilogrm.
Kali	a. 1,5485,	b. 1,7662,	c. 1,6285,	im Mittel 1,6477,
Phosphorsäure	a. 1,6005,	b. 1,1193,	c. 0,9660,	im Mittel 1,2286.

Diese Zahlen mit 3,75 multiplicirt, ergeben das Quantum an mineralischen Nahrungsstoffen (Kali und Phosphorsäure), welches dem Boden bei einer Ernte von 3750 Kilogrm. Weidenruthen entzogen wird, und stellen sich an

	Kilogrm.	Kilogrm.	Kilogrm.	Kilogrm.
Kali auf	a. 5,81,	b. 6,62,	c. 6,12,	im Mittel 6,18,
Phosphorsäure auf	a. 6,00,	b. 4,20,	c. 3,62,	im Mittel 4,61.

Der Centner rohe schwefelsaure Kalimagnesia (bei **Vorster** und **Grüneberg** zu Kalk bei Deutz für 1 Thlr. 12 Sgr. 6 Pfg. zu beziehen) enthält 8 — 9 Kilogrm. Kali und außerdem mehr als hinreichend Magnesia, Natron und Schwefelsäure, wird also an diesen Stoffen vollständigen Ersatz leisten. Der Centner Superphosphat von Baker- oder Mejillones-Guano (daselbst für 3 Thlr. 5 Sgr. zu haben), enthält 9 Kilogrm. lösliche Phosphorsäure, leistet also beinahe für zwei Ernten Ersatz an diesem Nahrungsmittel und enthält außerdem eine hinreichende Menge Kalk. Da indessen ein Theil der löslichen Phosphorsäure, sobald sie mit Thon oder Eisenoxyd in Berührung tritt, wieder unlöslich wird und zur Aufnahme in die Pflanzen der unmittelbaren Berührung mit deren Wurzeln oder einer neuen Lösung durch Kohlensäure-Entwickelung bedarf, so erscheint es räthlich, nicht weniger als 1 Centner dieses Superphosphats jährlich anzuwenden.

Mit 1 Centner roher schwefelsaurer Kalimagnesia und 1 Centner Superphosphat von Baker- oder Mejillones-Guano würden also dem Boden alle mineralischen Nahrungsstoffe reichlich erstattet sein, welche eine Ernte an einjährigen Weidenruthen demselben entzieht. Aus Erfahrungen, die in der Landwirthschaft gemacht worden sind, weiß man aber, daß der Stickstoff, ein nicht mineralisches Düngemittel, in einer geeigneten Form in den Boden gebracht, die Vegetation der Pflanzen ungemein belebt und ein üppiges Wachsthum derselben hervorruft. In Dremmen hatte man Gelegenheit, sich von der kräftigen Wirkung dieses Düngemittels in der Form von Peru-Guano zu überzeugen. Pro Morgen wurde 1 Centner ausgestreut und zwar vor dem Umhacken. Der Ertrag dieser gedüngten Fläche stieg in diesem Jahre um 16 Thlr. pro Morgen, während der Dünger nur zwischen 5 und 6 Thlr. kostete. Auch wurden die Stöcke stärker, so daß im folgenden Jahre die Anlage besser war, als vor der Düngung. Der Gehalt des angewandten Peru-Guanos an Stickstoff und löslicher Phosphorsäure war vorher nicht genau festgestellt; doch wird er gewöhnlich zu 9 — 10% Stickstoff und 12 — 13% Phosphorsäure angenommen. In diesem Dünger war also außer dem treibenden Stickstoff für die im vorhergehenden Jahre durch die Ernte entzogene Phosphorsäure und Kalk, nicht aber für das entzogene Kali Ersatz geleistet. Eine andere passende Form der Stickstoff-Düngung findet man in dem aufgeschlossenen Peru-Guano von Ohlendorf. Er enthält garantirt 9 — 10% Stickstoff und ebensoviel lösliche Phosphorsäure und kostet 5 Thlr. 15 — 25 Sgr. pro Centner. Endlich bildet das schwefelsaure Ammoniak eine sehr gute Form von Stickstoff-Dünger. Der Centner enthält 10 Kilogrm. Stickstoff und läßt sich dem rohen schwefelsauren Kalimagnesia-Dünger und dem Superphosphat von Baker- oder Mejillones-Guano nach Bedarf oder zu Experimenten nach Belieben beimengen. Der Centnerpreis variirt zwischen 6 und 7 Thlr. Als gewöhnliches Düngequantum möchten 25 — 37½ Kilogrm. pro Morgen ausreichen, zu Versuchen aber noch größere Quanta, bis 1 Centner anzuwenden sein.

Hiernach wird vorgeschlagen für Weidenanlagen, welche durchschnittlich eine Jahresernte von 3750 — 4000 Kilogrm. frischer Weidenruthen zu liefern pflegen, folgende Düngerkompositionen und Quanta:

1) rohe schwefelsaure Kalimagnesia   50 Kilogrm.
    Superphosphat von Baker- oder
      Mejillones-Guano . . .   50   „   im Gemisch und fein zerkleinert,
    schwefelsaures Ammoniak . . 25—37½   „

2) rohe schwefelsaure Kalimagnesia   50 Kilogrm.
    aufgeschlossene Peru-Guano von
    Ohlendorf   75   „   im Gemisch und fein zerkleinert,

3) zu Versuchen mögen auch kleinere oder größere Quantitäten des einen oder andern Düngemittels, jedoch nur auf kleinen Versuchsflächen angewendet werden.

Der Dünger wird alljährlich alsbald nach dem Schneiden der Ruthen und vor dem Umhacken gleichmäßig über die Fläche auszustreuen, vor dem Umhacken jedoch Regen abzuwarten sein, der den Dünger von dem Unkraut und den Stöcken an den Boden wäscht.

Wo der Zustand der Pflanzen auf eine bereits begonnene Erschöpfung des Bodens schließen läßt, (kümmerliche Entwickelung der Pflanzen, Entstehen von kleinern Lücken 2c.) wird man das mineralische Düngerquantum in den nächstfolgenden Jahren angemessen erhöhen müssen, um dem Boden wieder einen größern Vorrath an mineralischen Pflanzennahrungsmitteln zu geben und die noch übrigen Pflanzungen neu zu kräftigen; widerrathen aber den Versuch, Pflanzungen mit größeren Blößen durch vermehrtes Düngerquantum wieder aufbringen zu wollen und mit den Stickstoffdüngern allzu freigebig zu sein. In solchen Fällen wird zu überlegen sein,

ob nicht ein Umbau mit reichlicher mineralischer Düngung und Neupflanzung den Vorzug verdiene.

Müssen wir nun annehmen, daß die meisten Weidenanlagen
so frühzeitig wieder eingehen, weil man bei der ersten Anlage ver-
säumt hat, den geeigneten Boden oben aufzubringen, oder weil der
Boden an mineralischen Pflanzennahrungsmitteln erschöpft ist, so
leuchten die Vortheile einer öfteren, für die dem Boden entzogenen
Mineralstoffe Ersatz leistenden Düngung ein. Die Pflanzen, welche
bei Erschöpfung des Bodens an diesen Stoffen allmälig schwächere
und kürzere Ruthen und Seitensprossen treiben, dann ganz absterben (verhungern), wachsen nach der Düngung freudig fort, errei-
chen ihr natürliches Alter, treiben mehr, längere und kräftigere Ruthen und verkaufen sich zu erhöhten Preisen. Eine Anlage, welche
sonst schon nach 6, 10 und 12 Jahren eingeht, erreicht, wie die
Korbweide am Rhein, ein 25- und 30jähriges Alter und erspart
uns also die enormen Kosten einer zweiten und dritten Neuanlage,
die jedesmal höher werden, weil die geeignete Erde immer tiefer
heraufgeholt werden muß. Zwar kostet die Düngung auch Geld,
wenn man dasselbe aber mit 166% Zinsen zurückerhält, wie es
bei unserer Düngung mit Peru-Guano geschehen ist, so darf man
sich die Vorlage gefallen lassen.

Die Dauer der Anlage ist aber auch noch von einem andern
Faktor, als Unterhaltung und Düngung abhängig, und es ist gerade der Vorschlag ad II. des Herrn Dr. Karmrodt, welcher
ganz besonders Erwägung verdient. Ist derselbe auch bei der Art
und Weise der Abnutzung und Benutzung der Korbweide in der
vorgeschlagenen Form nicht anwendbar, so hat er uns doch in Ver-
bindung mit der in Abschnitt 7 erwähnten Annahme, daß die Bachweide (und mit ihr wohl die gelbe Weide und die Abart der Purpurweide) den jährlichen Abhieb nicht erträgt, auf einen wesentlichen Umstand beim Wachsthum dieser Pflanzen aufmerksam gemacht.

(Es wird hier bemerkt, daß der Bericht des Herrn Dr. Karmrodt vom März 1871 datirt.)

Man hatte noch keine Versuche gemacht, weil eben der Ausfall der Erträge eines Jahres nur ungern entbehrt wurde. Sehen wir uns aber die im Eingange erwähnten Erträge näher an, so werden wir nach dem vierten oder fünften Jahre eine bedeutende Abnahme konstatiren.

Bei der Parzelle von 17 Morgen ist dieselbe im achten Jahre schon so stark, daß wir zu dem Schlusse kommen müssen, der Boden ist erschöpft. Nachdem dieselbe aber im neunten Jahre nicht geschnitten worden, zeigten sich im zehnten Jahre auf den stehengebliebenen, verkrüppelten Weiden so starke Triebe, daß man sich sofort gestehen mußte, nicht die Erschöpfung des Bodens allein, sondern ein anderer Umstand habe mit die bedeutende Einbuße an Ertrag, resp. das Zurückgehen der Anlage herbeigeführt. Es ist ja erstaunlich, daß der Ertrag einer Anlage von 190 auf 1208 Thlr. in zwei Jahren steigt.

Schon mehrfache kleinere Versuche oder vielmehr Zufälligkeiten hatten erwiesen, daß eine Unterbrechung des jährlichen Schnittes die Anlage verjüngte, aber hier tritt es so evident hervor, daß die Thatsache nicht mehr bezweifelt werden kann.

Fassen wir das vorhin Gesagte zusammen, so ergiebt sich, daß wir eine Anlage bei guter Bodenbeschaffenheit und sorgfältiger Vorbereitung viele Jahre hindurch recht einträglich erhalten können, wenn wir:

1) für Ent- und Bewässerung sorgen;

2) in jedem Jahre zwischen den Reihen den Boden recht sorgfältig umhacken und die Anlage gehörig reinigen;

3) durch zweckentsprechende Düngemittel die Anlage düngen und so die dem Boden durch die jährlichen Ernten entzogenen Nahrungsmittel wieder zuführen;

4) von Zeit zu Zeit, namentlich wenn die Anlage zurückgeht,
den Schnitt auf ein Jahr aussetzen.

Schließlich sei noch auf einen Umstand aufmerksam gemacht,
der bis jetzt nicht bekannt war.

Von zwei halben Morgen, die gleiche Bodenbeschaffenheit hatten, mitten in einer Anlage neben einander lagen, im selben Jahre
gepflanzt und geschnitten waren und die bis zum vierten Jahre
gleiche Erträge lieferten, brachte der eine im fünften Jahre 1 Thlr.,
im sechsten Jahre 4 Thlr. und im siebenten Jahre 1873 6½ Thlr.
mehr auf. Dieser auffallende Umstand veranlaßte zu Nachfor-
schungen. Es stellte sich nun heraus, daß dieser halbe Morgen
regelmäßig jedes Jahr von ein und demselben Manne angekauft
worden war, und daß dieser Mann vom dritten Jahre ab, wenn
er die Korbweiden schnitt, an den Stellen, wo Stöcke abgestorben
waren, neue Pflänzlinge eingesteckt hatte. Sehr wahrscheinlich war
die Anlage dadurch regelmäßiger geblieben und hatte einen dichteren
Stand behalten. Bisher glaubte man nicht, daß das Beipflanzen
irgend wie von Nutzen sei, weil man annahm, daß die beigepflanz-
ten Stecklinge später als die Stöcke trieben und so die jungen
Schößlinge nicht aufkommen könnten. Jedenfalls ist aber der vor-
erwähnte Umstand geeignet, weitere Versuche anzustellen, und wenn
dabei sich auch ein gleich günstiges Resultat nicht herausstellen
sollte, so empfiehlt es sich doch unstreitig diejenigen Anlagen, bei
welchen man den Schnitt ein Jahr aussetzt, vorher regelmäßig durch
Beipflanzen zu ergänzen. Da können die immerhin schwächeren
Triebe der jungen Pflanzen im zweiten Jahre sich entwickeln und
zur Geltung kommen. Daß man hierdurch zur Verjüngung der
Anlage wesentlich beiträgt, unterliegt wohl keinem Zweifel.

9. Die Verwerthung der Korbweiden.

Obgleich die Verwerthung der Korbweiden außerhalb der land-wirthschaftlichen Seite liegt, so steht sie doch in innigem Zusammen-hange mit dem Resultate der Anlagen und wird es nicht über-flüssig erscheinen, wenn darüber einige Andeutungen gemacht werden.

Die Verwerthung kann in der Weise geschehen, daß man:

1) die Korbweiden selbst schneidet, abrindet und in Gebunden verkauft;

2) dieselbe auf dem Stocke an Korbmacher verkauft.

Das Letztere ist überall da zu empfehlen und vorzuziehen, wo eine genügende Anzahl Korbmacher wohnen. Da dieses indeß nicht überall der Fall ist, so wird mancher Producent in die Noth-wendigkeit versetzt werden, die Arbeit selbst zu übernehmen, wes-halb diese hier näher beschrieben wird.

Bei solchen Anlagen, die keine zum Abrinden tauglichen Wei-den haben, kann man von November ab schneiden. Alle übrigen Anlagen, wo die zum Abrinden tauglichen mit andern im Gemenge stehen, schneidet man am besten vom 15. Februar bis Ende März, wenn wenig oder gar kein Frost mehr zu erwarten ist. Alle schlan-ken von Seitenästen freien Weiden, auch selbst die feinen sind zum Abrinden tauglich. Diese also schneidet man zuerst aus der An-lage und dann die übrigen. Die zum Abrinden nicht tauglichen werden in Gebunden von 1,6 Meter Umfang fest zusammengebun-den und zum Trocknen hingestellt. Weil sie aber, wenn die untere Fläche der Bündel auf dem feuchten Boden steht, leicht treiben, und wenn man sie platt hinlegt, anfaulen, so stellt man sie schräg in zwei Reihen, die sich gegenseitig stützen. Haben sie so einige Wochen im Freien gelegen und sind trocken geworden, dann bringe man sie gleich unter Dach, weil, einmal eingetrocknet, der Regen sie verdirbt.

Die zum Abrinden bestimmten Weiden werden beim Schneiden in Bündel von 75 — 80 Centim. Umfang gebunden, und nachdem man das wegen des Transports fest angezogene Band durch Aufschieben etwas gelöst, ins Wasser gestellt. Sie dürfen weder allzunahe noch zu weit auseinander gestellt werden, weil Ersteres dazu führt, daß sie wegen Mangel an Luft verdorren, und Letzteres sie den scharfen Winden zu sehr aussetzt. Eine Entfernung der Bündel voneinander von 5 Centim. wird richtig sein. Es ist hier darauf zu sehen, daß das Wasser nicht zu hoch steht, dann aber auch ganz besonders, daß die Weiden nie trocken stehen; am vortheilhaftesten ist es, wenn das Wasser in einer Höhe von 5 Centim. gehalten werden kann.

Die so ins Wasser gestellten Weiden fangen nun an zu treiben und sind mit Anfang Mai soweit, daß die Rinde sich löst und das Geschäft des Abrindens beginnen kann. Dasselbe muß aber auch bis zum 1. Juni beendet sein, denn auf den später abgerindeten Weiden bilden sich schwarze Flecken, Brachmonatsflecken genannt, die den Werth um die Hälfte verringern.

Das Abrinden geschieht auf folgende Weise: Die Weiden werden aus dem Wasser genommen und durch Abspülen vom anhängenden Schlamme befreit. Ist man etwas weit vom Behälter entfernt und muß man deshalb des Transports wegen eine größere Anzahl Bündel auf einmal ausnehmen, so legt man die Bündel, welche man nicht gleich abrinden kann, an einen dunkeln Ort aufeinander und deckt sie mit abgelöster Rinde zu. Müssen die Weiden so aus dem einen oder andern Grunde längere Zeit liegen bleiben, so gießt man Abends Wasser darüber, damit sie nicht trocken werden. Die hierdurch entstehende Gährung ist dem Abrinden sogar förderlich. Länger wie drei Tage dürfen die Weiden jedoch nicht liegen bleiben.

Eine bis zwei Stunden vor dem Abrinden schiebt man das Band, womit die Bündel gebunden sind, in die Höhe, breitet den untern Theil fächerförmig aus und stellt sie umgekehrt wider eine Mauer, damit das Wasser eben abtrocknet. Nun beginnt das Abrinden. Eine sogenannte Strippe (ein Eisen in nebenstehender Form, dessen Stäbe 1¼ Centim. Durchmesser und 45 Centim. Länge haben) wird auf einen Block geschraubt, oder in den Boden gesteckt, dann aber mit der linken Hand oben festgehalten und jede einzelne Weide hindurchgezogen. Hierdurch wird die Rinde gequetscht und gelöst. Hat man die Weiden eines Bündels durchgezogen, so bindet man ihn eben zusammen und giebt sie zum Abziehen der gequetschten Rinde an die dazu bestimmten Arbeiter. Diese ziehen die Rinde ab und haben jeder ein aufgeschlitztes Stück Holz (hölzerne Strippe) zu dem Zwecke bei sich liegen, um das Stockende, wo die beim Durchziehen in der Hand befindliche und nicht gequetschte Rinde sich nicht immer glatt abzieht, eben durchzuziehen. Man darf nicht zugeben, daß der festbleibende Theil der Rinde mit dem Messer abgeschabt wird, weil man dadurch die Glasur der Weide abkratzt, die nicht beschädigt werden darf.

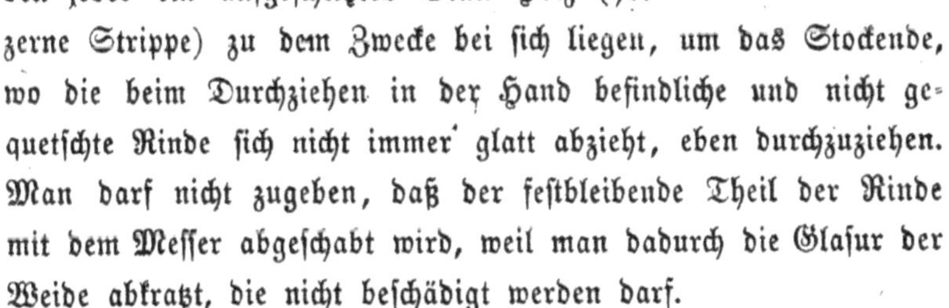

Sobald ein Bündel abgerindet ist, werden die Weiden zum Trocknen ausgelegt. Es geschieht dieses am besten im Freien, indem man zwei lange Hölzer in einer Entfernung von 0,60 bis 1,20 Meter, je nach der Länge der Weiden neben einander legt und die Weiden darauf etwa 2½ Centim. hoch ausbreitet. Man stellt sie auch wohl wider eine Mauer, aber es empfiehlt sich dieses nicht, weil die Weiden dann krumm trocknen und sowohl am Ansehen verlieren, als auch später sich schwer in Bündel binden lassen.

Bei Regenwetter kann man nicht im Freien trocknen, weil die Weiden beschmutzt werden; dann wird in verdeckten Räumen getrocknet, jedoch verlieren die Weiden hierbei gewöhnlich ihre schöne weiße Farbe, zumal, wenn nicht für genügenden Luftzug gesorgt ist. Je schneller die Weiden trocknen, desto schöner und weißer bleiben sie.

So komplicirt nach vorstehender Beschreibung das Geschäft des Abrindens auch erscheinen mag, so ist es in Wirklichkeit doch einfach und bei einiger Uebung leicht und nicht sehr kostspielig. Für Abrinden eines der vorbezeichneten Bündel wird hier gewöhnlich 2½ Sgr. gezahlt.

Man hat versucht, das Abrinden mittelst Maschinen zu bewirken, aber bis jetzt ohne Erfolg.

Nachdem die Weiden gehörig getrocknet sind (wozu bei warmer Witterung ein halber Tag hinreicht), bringt man sie am besten in einen dunkeln Raum, damit sie ihre schöne weiße Farbe behalten und schützt sie vor Feuchtigkeit.

Die Weiden sind nunmehr für den Verkauf geeignet. Für den Producenten empfiehlt es sich nicht, eine Sortirung der Weiden vorzunehmen, weil er gewöhnlich die zu den verschiedensten Korbflechter-Arbeiten geeigneten Qualitäten nicht genügend kennt. Er thut am besten, die Weiden im Gemisch mit Gebunden von 1,6 Meter Umfang zu verkaufen. Besser ist allerdings der Verkauf nach Gewicht, doch ist derselbe noch nicht allgemein durchgeführt.

Auch die Rinde hat Werth. Man zahlt hier für die Rinde eines Bündels 4 Pfg. und gebraucht sie entweder frisch zur Düngung oder trocknet sie und benutzt sie als Streu. In beiden Fällen wird sie vor der Anwendung klein gehackt und ist ein ausgezeichnetes Düngemittel. Zum Binden der Frucht wird sie seit einiger Zeit mit Vortheil verwendet. Sehr wahrscheinlich eignet sie sich auch als Loh für Weißgerberei und hat hierzu vielleicht höhern Werth.

Die zweite Art der Verwerthung „der Verkauf auf dem Stocke" empfiehlt sich überall da, wo viele Korbmacher wohnen. Die Arbeit des Schneidens und Abrindes erfordert nämlich bedeutende Arbeitskraft, weil beides innerhalb eines kurzen Zeitraumes ausgeführt werden muß. Um einen Begriff von der Arbeit zu geben wird angeführt, daß ein geübter Mann zum Schneiden eines gut bestandenen Morgens 8 Tage, und zum Abrinden 12 — 15 Tage gebraucht. Zu letzterer Arbeit können allerdings auch Kinder verwendet werden.

Vor allem aber ist es wesentlich, daß von Seiten der Producenten oder der Gemeinden Behälter angelegt werden, wo die zum Abrinden bestimmten Weiden ins Wasser gestellt werden. Sind solche Behälter nicht vorhanden, so müssen die Weiden in Gräben, Pfützen ꝛc. gestellt werden, die wegen der Ungleichheit der Höhe des Wassers oder des stagnirenden faulen Wassers viele Nachtheile herbeiführen. Die Gemeinde Hilfarth hat einen solchen Behälter angelegt, welcher $1\frac{1}{2}$ Morgen groß ist. Der Boden ist mit einer $7\frac{1}{2}$ Centim. starken Kiesdecke bedeckt worden; eine kleine Schleuße führt das frische Wasser zu, und eine andere das überflüssige ab, so daß die Weiden die ganze Zeit hindurch frisches Wasser haben und in gleicher Höhe im Wasser bleiben. In 100 Parzellen abgetheilt, die jedes Jahr verpachtet werden, wird für diesen Behälter ein jährlicher Pacht von über 100 Thlr. erzielt.

So groß die Zahl der Korbflechter in der hiesigen Gegend auch ist, so können dieselben doch die hier producirten Weiden nicht alle verarbeiten. Der größte Theil der abgerindeten Weiden wird nach auswärts verkauft. Es ist indeß bisher noch nicht gelungen, den Weiden aus Süddeutschland, aus Holland und Frankreich Konkurrenz zu machen, und es muß leider konstatirt werden, daß diese uns sogar mehr und mehr vom Markt verdrängen. Nur dort, wo an die Schönheit der Waare Anforderungen nicht gestellt werden, können die hier producirten Weiden noch abgesetzt werden. Eine Vergleichung der eingeführten Weiden mit den hiesigen muß aber auch unbedingt zu Gunsten der ersteren entscheiden. Es entsteht für uns dadurch die sehr wichtige Frage, ob wirklich die eingeführten Weiden unter allen Umständen die unsrigen übertreffen? Es kann diese Frage indeß verneint werden; wenn wir uns bestreben, nur gute Sorten anzupflanzen (und dieses Bestreben ist hier allgemein), so erzielen wir eben so schöne und gute, wenn nicht bessere Weiden, als die eingeführten. Aber mit der Erzielung schöner und guter Weiden ist es nicht genug. Es müssen noch andere Umstände hinzutreten, die es möglich machen zu konkurriren und diese liegen im Verkaufe selbst. Man giebt sich hier nicht die Mühe, die Weiden zu sortiren und doch ist dieses sehr nothwendig. Die verschiedenen Arten der Korbflechterei bedingen auch verschiedene Weiden. Armlehnweiden, Schienenweiden, Flechtweiden, Würfelholz ꝛc. werden für sich gesucht. Zusammen, d. h. im Gemenge werden diese nur selten gefordert und schlecht bezahlt. Hat man die besten und schönsten Weiden in den verschiedenen Qualitäten abgesondert, so unterliegt es keinem Zweifel, daß die unserigen eben so schön sind, wie die eingeführten und daß wir dafür dieselben hohen Preise erzielen, wie sie für diese gezahlt werden. Dabei bietet die Verwerthung der ausgesonderten schlechten Weiden auch keine Schwierigkeiten. Soweit sie hier nicht verarbeitet werden, sind anderwärts Korbflechter genug vorhanden, für welche diese Weiden denselben Werth haben, wie bisher die gemischten, weil sie bei den groben Korbflechterarbeiten denselben Dienst leisten.

Es ist allerdings nicht zu verkennen, daß, wie die Verhältnisse bis jetzt hier liegen, der Verkauf in dieser Weise seine Schwierigkeiten hat. Der einzelne Producent oder Korbmacher wird bei der Sortirung nichts verdienen, weil er für die eine Sorte Verwendung hat, für die andere nicht. Selbst die Händler, wie sie hier vorhanden sind, können dieses nicht, aber nur deshalb nicht, weil den Geschäften der Umfang fehlt, größere Bestellungen in einzelnen Qualitäten zu effektuiren. Eben dieses aber begrenzt das Absatzgebiet, und wir sind deshalb auf die nächste Umgebung angewiesen. Würden die Producenten, welche die Weide selbst abrinden und die Korbflechter eine Genossenschaft bilden, so wären sie im Stande, jede noch so große Lieferung in beliebigen Qualitäten zu übernehmen; es würde sofort das Absatzgebiet sich erweitern und wir würden all die Vortheile genießen können, welche jetzt das Ausland uns vorwegnimmt.

Eben so vortheilhaft aber wäre auch für solche Gegenden, wo wie hier das Korbflechter-Handwerk vorwiegend betrieben wird, die Bildung von Genossenschaften zur Verwerthung der fertigen Waaren. Auch diese würden es ermöglichen, die größten Bestellungen zu übernehmen; das Absatzgebiet für die Waaren würde sich erweitern und die Vortheile des Handels kämen dem Handwerker mit zu Gute. Blüht aber dieses, so wird der Producent nicht leer ausgehen.

Mit dem Wunsche, daß man im Interesse der Weiden-Kultur nicht allein mit Bildung von Genossenschaften zur Ent- und Bewässerung, sondern auch mit der Bildung vorgenannter Genossenschaften vorgehe, sei diese kleine Schrift geschlossen.

Druck von B. F. Voigt in Weimar.